LE MERLE BLEU

Le merle bleu est un drôle d'oiseau. Solitaire, migrateur discret du pourtour méditerranéen, vivant à l'écart dans des paysages de pierres et de ruines, il possède néanmoins un chant capable d'émouvoir et de ravir les cœurs les plus secs. Ceux de Monsieur René et de Madame Clô, par exemple, un couple d'ornithologues âgés, repliés dans leur paisible et monotone retraite d'Uzès, et qui ont fait de l'étude de cet oiseau la dernière passion de leur existence.

Survient le merle bleu, en l'occurrence un jeune homme venu d'ailleurs, un migrateur lui aussi. Il dit s'appeler Alain, être écrivain. Il s'installe dans leur nid et dans leur vie. Il les change, il change à leur contact. Et c'est ainsi que le professeur désabusé, l'impérieuse bourgeoise de province et le séduisant inconnu découvrent à tour de rôle le bonheur d'être ce qu'ils n'avaient jamais été.

Ici, les frontières sont intérieures et les filiations sont celles du cœur. Et on verra comment l'emprise du passé cède devant la venue des rêves et comment la vérité paraît bien aléatoire face aux pouvoirs magiques d'un réel en fuite.

Michèle Gazier est née à Béziers. Elle est critique littéraire à Télérama. *Elle a traduit et fait connaître en France des écrivains espagnols dont Manuel Vázquez Montalbán et Juan Marsé. Elle est l'auteur de plusieurs livres de fiction, dont* Nativités *(Seuil, 1995) et* Un cercle de famille *(Seuil, 1996).*

DU MÊME AUTEUR

Romanciers du XXe siècle
en collaboration avec Pierre Lepape
Marabout, 1990

Romanciers du XIXe siècle
en collaboration avec Pierre Lepape
Marabout, 1991

En sortant de l'école
Julliard 1992
Seuil, « Points », n° P594

Histoires d'une femme sans histoire
Julliard, 1993
et « Points », n° P673

Nativités
Seuil, 1995
et « Points », n° P211

Un cercle de famille
Seuil, 1996
et « Points », n° P447

Sorcières ordinaires
Calmann-Lévy, 1998
et « Folio », n° 3198

L'Été du secret
Seuil/Jeunesse, 1999

Les Vitrines Hermès :
contes nomades de Leila Menchari
Imprimerie nationale, 1999

Michèle Gazier

LE MERLE BLEU

ROMAN

Éditions du Seuil

TEXTE INTÉGRAL

ISBN 2-02-041942-4
(ISBN 2-02-037179-0, 1re publication)

Pour Pierre, bien sûr…

PREMIÈRE PARTIE

Hors saison

1

I

Lorsque de sa fenêtre aux volets entrouverts, elle l'avait aperçu, noir et menu, penché sur la vasque de la fontaine, elle avait pensé : « Tiens, un martinet. » Et, parce qu'elle avait toujours préféré les oiseaux et les plantes aux humains, elle était restée là, à l'observer sous le soleil pâle. Puis, comme c'était l'heure de son bridge hebdomadaire, elle avait mis les volets en clef, refermé la fenêtre, tiré le rideau de voile, et elle était sortie sans un regard vers la fontaine. Les premières feuilles jaunies des platanes de la place aux Herbes voletaient. L'une d'elles s'accrocha à son kilt. Elle la repoussa d'un geste vif. Dans la vie quotidienne, ses gestes étaient toujours vifs.

Le soir, à l'heure du porto, tandis que son mari, les yeux mi-clos, se délectait d'un de ces cigares qu'il se faisait fort de fumer en secouant la cendre le moins souvent possible – « un panatella en trois coups », claironnait-il de sa voix féminine –, elle avait dit : « Tout à l'heure, il y avait un drôle d'oiseau sur la place. » Sa remarque était tombée dans le vide. M. René observait entre crainte et ravissement le long tuyau de cendre grise en équilibre au bout de son havane. Mais elle avait poursuivi, en femme obstinée : « Un martinet au repos ou plutôt un cincle plongeur. Il avait l'immobilité des oiseaux au vol rapide. Comme une densité obscure… » Puis le téléphone ayant sonné – une erreur – elle avait filé à la cuisine préparer le dîner.

Dans son fauteuil de cuir patiné par trois générations de fumeurs, le regard dans le vague, M. René contemplait le cylindre gris qui s'allongeait au bout de son havane. Ses longs doigts fins à la peau diaphane sur lesquels serpentaient des veines saillantes étaient parfaitement immobiles autour du cigare tandis qu'une fumée ouateuse s'élevait dans la lumière douce de l'abat-jour. M. René disait volontiers à qui voulait l'entendre – ses ex-collègues du Muséum d'histoire naturelle où il avait enseigné jusqu'à sa retraite, les rares neveux de passage à Uzès – qu'il n'aimait rien tant que les cigares, les oiseaux et les desserts sucrés. En présence de son épouse, il rajoutait parfois : « Et vous, bien sûr, très chère. »

En réalité, elle n'était guère plus tendre que son époux dont elle partageait la vie depuis plus de quarante ans. Ensemble ils avaient parcouru le monde, de colloque d'ornithologie en rencontre d'ornithologues. Aucun de leurs proches n'aurait pu dire si le plaisir qu'ils éprouvaient à partir ainsi pour de courts séjours dans des pays souvent lointains relevait de la curiosité scientifique ou de cet esprit bourgeois sournoisement profiteur qu'on leur attribuait volontiers. Lorsqu'ils rentraient de six jours en Californie, d'un week-end en Sicile ou d'une petite semaine en Israël, ils ne parlaient que de la qualité des hôtels, et de la somptuosité des banquets ; parfois, plus rarement, de la végétation des régions traversées. Ils pouvaient disserter en duo des heures durant sur telle amarantha aperçue près de l'aéroport de Genève et dont le veinage « somptueusement pourpre » les avait étonnés, ou sur une variété de mimosa de l'arrière-pays niçois de ce jaune mousseux presque orange qu'ils avaient admiré non loin de Venise vingt ans plus tôt. L'absence de fleurs et de plantes dans leur appartement tout comme la frugalité de leurs repas ordinaires donnaient à ces remarques un étrange relief. Ils regardaient la vie comme on feuillette un livre d'images, avec des ravissements d'enfance. Mais ils vivaient la leur entre frugalité et pingrerie. Ainsi n'invitaient-ils jamais personne à partager leurs repas. Ils s'en excusaient en disant : « Vous savez, nous, nous picorons. » Ce qui prêtait à sourire. La minceur presque maladive de M. René était comme une preuve de son ascétisme. Plutôt bien plantée sur ses mollets de scoute que battaient invariablement des kilts sombres aux dominantes bleues et vertes, Mme René, plus ronde et surtout plus musclée, ne parvenait pas à contrebalancer l'image famélique qu'offrait son mari. Les René mangeaient mal en privé et bien en société. Certains observaient sans aménité qu'ils faisaient dans un cas des économies et dans l'autre des réserves.

Thèse que semblait confirmer la joie avec laquelle ils accueillaient toute invitation à dîner. Ils n'en refusaient aucune. Ils arrivaient, elle dans son éternelle jupe plissée, lui en costume sombre et montre à gousset, à l'heure précise où on les avait conviés. De son grand sac à dos kaki qui ne l'avait jamais quittée depuis l'adolescence – sans doute en avait-elle changé deux ou trois fois en tant d'années, mais le nouveau ressemblant toujours à l'ancien, personne n'avait noté la moindre différence – elle sortait des pâtes de fruits achetées chez le meilleur confiseur ou des confitures dont l'étiquette garantissait la cuisson au sucre roux et en chaudron de cuivre. Si on la complimentait sur la qualité de ses choix, elle haussait les épaules, vous fixait de son regard bleu impersonnel et n'ajoutait pas un mot. Son silence vous disait des choses comme : « Nous ne lésinons pas avec la perfection », ou : « Dans notre milieu, on sait depuis des générations qu'un cadeau doit tendre vers l'excellence. »

Tandis qu'elle rangeait les deux bols du dîner, le téléphone avait à nouveau sonné. Deux fois en une même soirée, c'était beaucoup pour les René. Sans doute s'agissait-il encore d'une erreur. M. René n'avait pas bougé de sa place. Elle s'était énergiquement essuyé les mains tandis que la sonnerie s'exaspérait dans le grand salon voûté. Lorsque enfin elle avait décroché, elle n'avait rien entendu à l'autre bout du fil. Elle avait crié : « Allô, allô ! » En vain. Juste au moment où elle allait raccrocher, elle avait perçu comme un souffle dans l'appareil, le bruit retenu d'une respiration. Puis on avait coupé. Plus furieuse que troublée, elle était retournée à son rangement tandis que son mari somnolait déjà devant le journal. Elle avait pensé : « Il vieillit. Avant, il ne s'endormait qu'après l'infusion. » Puis elle avait dit tout haut, pour réveiller le dormeur : « Peut-être faudrait-il, à nos âges, songer à nous faire mettre sur liste rouge. » M. René n'avait rien entendu. La bouche à demi ouverte dans un sourire de paix, il dormait d'un sommeil profond.

2

D'où venait-il ? De quel pays de la Méditerranée était-il originaire ? A chacune des personnes qui lui posaient l'une ou l'autre de ces questions, il donnait avec naturel une réponse différente. A l'antiquaire de la rue principale, chez laquelle il avait marchandé une bonnetière provençale, il avait dit venir d'Italie. Et comme elle avait insisté : Vous êtes italien ? Il avait acquiescé. Oui, il était originaire de Florence. Un Florentin aux cheveux noirs, avait-il ajouté avec ce sourire profond, étrange, qui envoûtait. Un sourire du fond des pupilles. Comme une lumière intérieure. Sans le moindre plissement des paupières ni de la bouche. A la libraire, chez laquelle il avait acheté plusieurs cartes de la région, il avait parlé de Sicile. Elle en avait déduit qu'il venait de là-bas et avait admiré son français dépourvu d'accent. Chez le traiteur espagnol, il avait commandé une part de paella « pour nourrir son corps et sa nostalgie du pays ». Il n'était à Uzès que depuis quelques semaines, mais tout le monde le connaissait déjà.

L'hiver, la ville se vide. Elle devient village dans sa ceinture de rues commerçantes assoupies. Lui, était arrivé lorsque les vacanciers étaient partis. Un jour, on avait remarqué sa silhouette sombre : costume foncé et chemise bleu outremer, son allure élégante, ses cheveux d'un noir profond, très drus. Ce jeune homme – vingt-cinq, trente ans ? –, s'étaient demandé les femmes qui l'avaient croisé çà et là dans les rues désertées, ce jeune homme n'avait pas l'air en vacances tardives, pas l'air non plus d'être là par hasard, à la recherche d'un travail ou dans l'attente d'une femme aimée qui tarderait à le rejoindre. Au bridge du jeudi, chez l'avocat à la retraite, une des dames avait parlé de lui. Avez-vous remarqué... ? Oui, elles étaient plusieurs à avoir remarqué l'inconnu qui logeait à l'hôtel d'Angleterre, une bonne maison, ma foi. D'où tenaient-elles qu'il habitait cet hôtel ? Celui-ci plutôt que tel autre ? La question n'avait pas même été abordée. Sans doute l'une d'elles l'avait-elle vu entrer ou sortir de là. C'était suffisant.

Plus tard, quand le scandale éclaterait, quand la police et les juges mèneraient l'enquête, on apprendrait qu'il n'avait jamais logé dans un hôtel chic. On recouperait les témoignages. Lorsqu'on vit à l'hôtel, on n'a pas ses habitudes chez un traiteur. Mais la vérité, l'affreuse vérité, comme la nommeraient les bourgeois de la ville, la bouche pincée et l'œil revolver, mettrait des mois, presque un an, avant d'éclater. Pour l'heure, l'étranger occupait agréablement les conversations et les esprits de toute une population vieillissante et aisée, confinée dans l'ennui exquis de jours ordinaires.

Mme René, tante Clô pour ses neveux qui ne pensaient à téléphoner que la veille de leurs anniversaires et pour la fin de l'année, était arrivée à son rendez-vous de bridge avec un peu de retard. Elle était passée chez le libraire, chercher un livre qu'elle avait commandé. Une vieille édition que son mari ne retrouvait plus, les observations d'un ornithologue pendant la guerre de 14. M. René s'agaçait toujours à chercher livres et revues qu'il ne rangeait jamais à leur place. Il les rachetait inlassablement, non sans avoir mis à sac quelques rayonnages de la vaste bibliothèque qui courait le long de tous les murs de l'appartement. Elle s'était attardée un instant autour des tables couvertes des dernières nouveautés de l'automne qu'elle ne lirait jamais à moins qu'on ne les lui offre, et encore. Elle se méfiait comme des microbes, des poux et de la pauvreté des modes romanesques, des livres sortis tout chauds des presses. Elle les appelait les livres beaujolais nouveau. Trop verts, trop acides, pas assez éprouvés par le poids du temps. Montalbán, un romancier qu'elle aimait bien – elle avait un goût affirmé pour les romans policiers –, avait inventé un détective qui, le soir, brûlait des livres dans sa cheminée. L'idée l'avait amusée. Elle n'avait jamais imaginé pouvoir brûler à son tour un seul des volumes qu'elle possédait, mais elle se voyait volontiers jouant à *Farenheit 451* avec les tables de nouveautés de son libraire. Cette seule pensée la mettait en joie. Elle ne la partageait avec personne, pas même avec M. René.

En traversant la place aux Herbes, elle s'était retournée pour regarder du côté de la fontaine. Le vent lui mordait les mollets. Un temps à ne pas mettre un oiseau dehors. Le thé chaud de l'épouse de l'avocat, les petits-fours et ensuite le bridge avaient occupé son esprit à part entière. Sa partenaire et elle avaient gagné. Elle adorait gagner. Aujourd'hui était vraiment un bon jour. La conversation qu'avaient eue ces dames sur l'étranger s'étant tenue longuement et en son absence, personne n'osa plus aborder le sujet, même si à plusieurs reprises la tentation fut grande pour l'une ou l'autre d'évoquer à nouveau celui qui dans leur esprit était déjà « ce charmant jeune homme ».

Pendant ce temps, le « charmant jeune homme » explorait méthodiquement une ville où il était arrivé par hasard, après une fin de printemps plutôt sinistre du côté de Marseille et un été passé en Avignon. Avait-il un plan ? Nul ne le saurait jamais. Il n'avait pas choisi Uzès. Il avait simplement tourné le dos à la mer, aux villes violentes ou trop animées. Il avait cherché un lieu où personne ne le piégerait. Il était tombé sur Uzès, simplement. Un automobiliste l'avait chargé en stop à Remoulins, il se rendait à Alès. « Je vous préviens, je prends le chemin des écoliers, je passe par Uzès », lui avait-il dit avec un bon accent du Sud. Il avait saisi la balle au bond. « C'est exactement là où je vais, Uzès... » Ils avaient bavardé tout le long de la route. L'automobiliste s'était présenté ; lui, avait murmuré un nom entre ses dents. Il comptait sur le bruit du moteur pour devenir tout à fait inaudible : « Al... Rach. » « Alain, vous vous appelez Alain, comme mon frère ! »

Le prénom lui avait plu. Il serait Alain, Alain Rachet. Alain Rachet... Alain Rachet. Il avait répété plusieurs fois ce nom, comme un drôle de poème. Il avait ri. Un rire discret, digne. Le rire maîtrisé d'Alain Rachet. Ce n'est que plus tard qu'il avait commencé à s'imaginer étranger, italien, espagnol, en tout cas originaire d'un pays de la Méditerranée appartenant à l'Europe. Un pays que l'on ne quitte plus depuis longtemps, la misère ou la mort aux trousses. Il s'était inventé des mères nées dans de bourgeoises familles d'un Sud où les riches sont très riches. Son nom n'était pas très italien, pas très espagnol ? Normal. Son père était français. Oui, français de France, de souche, du terroir. Il avait voyagé pour affaires, aimé une jeune fille qui ne parlait pas sa langue ou alors avec un accent : des *r* de velours, des *e* jamais muets... Il avait été élevé là-bas, dans ce pays de soleil près d'une aïeule à laquelle personne n'avait jamais osé dire *tu*. Ses parents ? Morts, dans un accident. D'avion. De bateau. De voiture. Il faudrait être prudent. Ne pas mélanger les histoires. Il avait l'habitude.

Et s'il se trompait, il pourrait toujours dire : « Suis-je rêveur, distrait ? Je confonds ma vie avec celle de mes personnages. » On apprendrait ainsi qu'il est écrivain. A Uzès pour prendre du recul... Et si le doute assaillait ses interlocuteurs, il les regarderait simplement de son regard noir, presque bleu, avec juste ce léger, très léger strabisme auquel les hommes résistaient parfois, les femmes jamais. On demande à visiter l'atelier d'un peintre, on prie un musicien de jouer quelques notes, un air sur le piano du salon. On ne demande pas à un écrivain de montrer ses brouillons. Au pire, on peut le prier de raconter une histoire. Et, là, Alain Rachet n'était pas inquiet.

3

Il pleuvait sur Uzès. Une pluie violente. Elle crépitait sur le sol tiède de la place aux Herbes en faisant des bulles et zébrait à larges traits les vitres des fenêtres que l'on venait fermer en catastrophe avant que l'eau ne dévaste aussi les intérieurs. Assise à son bureau, les lunettes sur le bout du nez, Mme René faisait ses comptes. Elle accordait aux relevés bancaires une attention maniaque et vous servait toutes sortes d'anecdotes plus noires et plus édifiantes les unes que les autres si vous vous risquiez à sourire de la façon dont elle pointait au feutre rouge les chèques encaissés et au vert ceux qui ne tarderaient pas à l'être. Elle entretenait en outre avec son banquier des relations épistolaires suivies que venaient pimenter de-ci de-là des coups de téléphone orageux. Ce pauvre garçon, son « chargé de comptes », ne comprenait rien à rien, finissait-elle par dire en ouvrant un courrier ou en raccrochant son téléphone. Sans doute faudrait-il qu'elle s'adressât à son supérieur. Ce qu'elle ne manquait jamais de faire. En réalité, elle adorait passer outre les usages, avoir un coupe-file, un passe-droit, et se sentir traitée comme ce qu'elle savait être dans le fond : une personne exceptionnelle, cette fameuse « petite reine » que voyait en elle son grand-père la veille même de sa mort. Son goût prononcé pour les faveurs et les honneurs s'accompagnait d'une certitude qui avait à ses yeux force de loi : ne jamais rien solliciter de front mais se mettre en situation de recevoir. Pas si simple. Surtout dans une ville de province où l'on débarque à soixante ans et où, malgré l'appartement bien situé et l'auréole d'une carrière universitaire parisienne (auréole qui nimbait le front de son époux, seul universitaire des deux, mais dont elle n'imaginait pas un instant qu'elle ne nimbât pas aussi le sien après cette aussi longue osmose qu'est un très vieux mariage), oui, malgré tout cela, on reste aux yeux d'autrui une charmante dame, très comme il faut, mais sans racines. Pas la moindre possibilité de se recommander du neveu d'une amie d'enfance qui vous doit tout ou du petit-fils de l'épicière du coin, aujourd'hui préfet, et que l'on avait aidé, il y a certes bien longtemps, à boucler son programme de sciences naturelles l'année du bac. Pas la moindre pression à exercer sur quiconque au nom d'un passé que l'on réveille à tout-va. Pourtant, Mme René parvenait le plus souvent à ses fins. Dans le fond, elle amusait les gens d'ici avec son accent pointu, ses kilts et cet air d'autorité quasi militaire dont elle toisait tous ceux, nombreux, qu'elle regardait avec une hauteur que sa petite taille ne parvenait pas à réduire.

Elle avait fini par se faire recevoir par le directeur de la banque avec lequel elle pouvait enfin, pensait-elle, discuter d'égale à égal. L'épaisseur de la moquette du bureau directorial et la profondeur des fauteuils de cuir la ravissaient plus encore que les perspectives de placements et autres jeux bancaires lucratifs que lui proposait cet homme cravaté qui, avouait-elle en son for intérieur, ne manquait pas d'élégance.

Les René n'étaient pas vraiment riches. Du moins pas au sens où un banquier qui compte parmi ses clients des industriels et des promoteurs immobiliers évalue la richesse. Mais ils étaient un peu plus qu'aisés. La vente de l'appartement parisien, bien placé dans le VIe arrondissement, s'était révélée assez juteuse. Ils avaient vendu au bon moment, à un jeune couple dont le mari était issu d'une famille de fortune récente mais considérable. Une de ces familles dans lesquelles on ne comptait pas. Mme René avait mené la négociation avec génie, disait volontiers son époux. Elle leur avait vendu le sol – soit cent cinquante mètres carrés de parquet ciré –, les murs rajeunis d'un récent coup de rouleau et rien moins que le jardin du Luxembourg situé à deux pas et dont on apercevait les arbres dans l'encadrement de quatre fenêtres sur six. Le Luxembourg était hors de prix, l'appartement, lui, était évalué de façon raisonnable. En faisant la moyenne des deux, les René pouvaient se retirer au soleil sans soucis. Les jeunes n'avaient pas tiqué lorsque d'un air gracieux elle avait annoncé la couleur. Ils rêvaient déjà aux aménagements futurs, à la chambre du bébé qu'ils ne tarderaient pas à fabriquer et à la salle de gym où ils entretiendraient leur ventre plat.

Avant de réaliser la vente, les René avaient exploré cette région du Sud qu'ils affectionnaient particulièrement. Ils avaient tout de suite été séduits par l'appartement de la place aux Herbes, sans doute un peu bruyant l'été à cause des touristes. Mais cela ne durait après tout que deux mois durant lesquels ils partiraient, comme ils l'avaient toujours fait, en mission scientifique – ce serait bien le diable s'ils ne s'en trouvaient pas au moins une –, puis tout simplement en vacances à la montagne. La mission les occupait en général deux à trois semaines. Plutôt deux. Ils iraient comme à l'accoutumée lézarder deux autres semaines chez la belle-sœur de M. René, veuve de son frère cadet, dont l'immense maison vide dans le Jura était depuis des années déjà un refuge idéal.

Enfin, ils regagneraient pour une petite dizaine de jours la pension de famille des Houches dont les propriétaires étaient quasiment devenus des amis. La preuve, ils acceptaient avec bonne humeur que les René pique-niquent dans leur chambre à l'heure du déjeuner, ce que le règlement intérieur interdisait formellement. Mais leur fameux petit appétit, vous comprenez !... Tout le monde avait l'air de comprendre.

Donc pas de problème de bruit sur la place aux Herbes l'été. Les hauts plafonds à caissons, les voûtes, les murs de pierre, la grande cheminée de marbre du salon et l'escalier à vis – une splendeur – avaient chatouillé l'orgueil de Mme René. Sans doute ne s'était-elle jamais consolée des déboires familiaux qui les avaient privés, elle et ses défunts frères, de la succession paternelle – un château dans la Creuse – qui, à défaut de réel titre de noblesse, les consacrait malgré tout aux yeux des populations locales comme châtelains et donc comme aristocrates. Le château était tombé avec ses fenêtres à meneaux et sa tour couverte de vigne vierge dans les mains, certes bénies, d'une congrégation religieuse chez qui le père de Mme René avait fini ses jours dans l'oubli des siens et l'amour de Dieu. Ses frères avaient pesté, tenté de faire casser le testament sans y parvenir. Puis, ils avaient fini par ne plus penser à la demeure de leur enfance qui subsistait dans leur mémoire comme un mirage. Mme René, elle, avait la mémoire longue et un réel désir de retrouver ailleurs la splendeur de ce bel âge écourté. Ici, au premier étage de cet immeuble majestueux qui datait de 1528 – la date était gravée dans la pierre –, elle allait enfin pouvoir regarder le monde comme elle le regardait jadis : en souveraine

La pluie redoublait de force et, malgré les fenêtres closes, elle entendait le vacarme de l'eau, son ruissellement le long des chéneaux. Un temps à ne pas mettre un chien dehors.

Mme René ôte ses lunettes qui se balancent au bout de la chaîne dorée qu'elle porte en sautoir. Elle referme le livre de comptes, se redresse. Puis, coup d'œil par la fenêtre. La place est vide, jonchée de feuilles que l'averse violente a arrachées encore vertes, ou à peine jaunies, des grands platanes aux troncs tordus et pommelés. Sous une des arcades, de l'autre côté de la fontaine, une silhouette sombre se faufile. Mme René sort de sa poche « les autres lunettes, celles pour voir de loin ». Elle en était sûre, c'est son drôle d'oiseau qui vient de disparaître sous le porche. Elle reste un bref instant figée derrière la vitre. Elle attend. Mais rien ne se passe. Seule la pluie habite la ville déserte. Elle quitte son observatoire, un vague sourire au fond des yeux.

4

NOTES ET OBSERVATIONS À L'ATTENTION DU CENTRE D'ORNITHOLOGIE DU GARD PAR RENÉ ET CLAUDE PERNET

A l'aimable demande de nos confrères ornithologues du département, nous avons entrepris un travail d'observation et de typologie concernant les oiseaux des garrigues de Lussan. Travail que nous envisageons plus comme un journal d'ornithologues retraités, un joyeux devoir de très longues vacances, que comme une recherche à caractère scientifique. Nous avons consacré notre vie à l'étude des oiseaux. Ils nous ont donné les plus grandes joies de notre existence. Qu'ils en soient ici remerciés ainsi que tous les amis ornithologues auxquels s'adressent ces quelques pages.

Le choix des « garrigues de Lussan » s'explique par notre géographie sentimentale. Installés à Uzès depuis douze ans, nous avons longuement parcouru, à pied ou à bicyclette, ce district qui se situe entre les gorges de l'Ardèche au nord, les dépressions d'Alès à l'ouest, d'Uzès au sud, et le Bagnolais à l'est. Nous avons exploré en tous sens ce vaste plateau calcaire ondulé selon un axe est-ouest dont le point culminant, le mont Bouquet, célèbre aussi pour la qualité de ses miels, atteint les 629 mètres. Partout ailleurs, l'altitude du plateau varie entre 200 et 350 mètres.

Sans entrer dans le détail d'une étude géologique qui pourrait apparaître pompeuse et superflue, nous noterons simplement que nous sommes ici en présence d'un relief karstique, comme en témoigne d'abord l'abondance des lapiés, avens et autres résurgences, et surtout la présence de nombreux et profonds canyons dont le plus remarquable est celui de la Cèze.

Les plateaux sont le domaine de la garrigue boisée, paradis du chêne vert. C'est dans la partie la plus aride, la plus calcaire des gorges et des falaises que l'on trouve l'un des oiseaux sur lequel portera l'essentiel de cette étude…

5

Depuis qu'il a quitté Paris, M. René tourne en rond. C'est du moins son sentiment. A son épouse qui parfois s'émeut de son air vague et rêveur, il dit toujours : non, je ne m'ennuie pas, je réfléchis à ce travail que nous ont commandé nos amis de la « société du Gard ». Au bout d'un an de « réflexion », il avait dû se résoudre à rédiger quelques notes préliminaires ; des points de repère. Clô s'était réjouie de le voir « gratter ». Mais rien n'était sorti de ce travail préparatoire. Il avait expliqué à son épouse déçue que son côté enseignant ayant pris le dessus, il avait écrit une sorte de cours, de quoi assommer ses futurs lecteurs, certes éclairés, mais qui n'étaient dans le fond que des amateurs. Elle avait alors proposé de mettre la main à la pâte. Elle mettait toujours la main à la pâte, mais plutôt en amont de tous les articles qu'il signait seul et à l'élaboration desquels elle n'avait jamais manqué de collaborer durant les années écoulées. Elle n'était pas écrivain, répétait-elle volontiers, mais elle avait l'esprit logique et savait mieux que son époux « scénariser » – c'était son mot – les données qu'ils avaient le plus souvent recueillies ensemble. L'élégance, cet art consommé de la description, le goût pour le mot poétique et juste à la fois poussaient sans effort sous sa plume à lui. Plume qui n'est pas ici un simple cliché littéraire :

cet ornithologue distingué n'avait jamais écrit qu'à la plume.

Les René avaient fini par tomber d'accord sur un point : il leur fallait reprendre leurs observations sur le terrain. Celles auxquelles ils s'étaient livrés sur les oiseaux du département ne dataient pas d'hier. Ils étaient encore à Paris – et lui en poste au Muséum – lorsqu'ils étaient venus renifler l'air de ce pays où Clô imaginait qu'ils finiraient leurs jours. Des mois durant, ils avaient arpenté, le plus souvent à pied, parfois à bicyclette, les routes sinueuses qui paressent sur le plateau. Ils avaient remonté les gorges de la Cèze, gravi les sentiers du mont Bouquet. Marché dans le lit pierreux et desséché de rivières minuscules, poussé jusqu'au pont de Tharaud… Au passage, ils avaient cueilli des champignons, fait des provisions de thym et de lavandin, et même cherché des ammonites dont ils dégageaient avec amour les volutes à la brosse à dents. A ce moment-là, ils imaginaient encore que leur travail concernerait tous les oiseaux d'une région circonscrite, assez étroite mais représentative, et qu'ils détermineraient en fonction de la richesse de leurs découvertes. Plus tard, M. René dirait de ces années où la retraite lui apparaissait comme un paradis, autrement dit des vacances sans fin, que c'était leur âge d'or, un temps d'innocence et d'appétit qui avait pris fin le jour même de son dernier cours dispensé dans l'amphithéâtre semi-désert où il chuchotait devant un micro, pour quelques rares étudiants studieux, un savoir que désormais il ne pourrait plus dispenser à personne. Curieux de tout, poussés par le désir de l'étude et par son partage, les René avaient guetté la bergeronnette grise (*Motacilla alba*) qui aime l'herbe rase et les labours ; suivi les cincles (*Cinclus cinclus*) qui se réfugient au fond des vallées dès les premières gelées ; souri devant le plastron roux et le chant bredouillant du traquet pâtre (*Saxicola torquata*) mâle ; observé sous la canicule le rollier d'Europe (*Coracias garrulus*) perché sur un câble, immobile, puis s'élançant comme un éclair bleu dans l'air torride et le vacarme des cigales…

Lorsque, plongé dans ses pensées, M. René tentait de mettre un peu d'ordre dans ses observations d'ornithologue actif, il ne voyait plus rien de bien neuf à ajouter à l'abondante littérature concernant ces oiseaux qu'il avait pourtant eu infiniment de plaisir à pister lors de ces longues promenades. Aujourd'hui, elles lui semblaient appartenir à une autre vie.

Il commençait à regretter d'avoir accepté sans réfléchir la proposition, certes aimable, que lui avaient faite ses confrères du Gard. L'ennui le gagnait. Il s'était pris à rêver de voyages lointains. Des souvenirs d'antan affleuraient à sa mémoire. Le Québec au printemps avait sa préférence. Drôle de printemps que celui du Québec… Il pleut, une pluie diluvienne et glacée, violente comme celle des orages en Méditerranée, mais sans éclair ni tonnerre. Un déluge qui dure et dure… Les journaux viennent d'annoncer l'arrivée des oies sauvages. Chacun sait ici que les journaux mentent, du moins qu'ils anticipent. Les oies n'arriveront pas avant cinq ou six jours. Mais les esprits s'animent à imaginer leur vol duveteux et dense, leur atterrissage splendide, monstrueux, dans les champs cultivés des berges du Saint-Laurent qu'elles saccagent avec panache. Leur tumulte et cette odeur particulière, indéfinissable, remplissent l'atmosphère, saturent l'air soudain moins froid. Les oies sauvages annoncent le printemps. Leur présence dissout l'hiver même si les cours des maisons sont encore pleines d'une neige grise et compacte que chacun rêve de voir disparaître comme disparaissent les cauchemars au réveil d'une trop longue nuit. M. René sourit en évoquant cette attente, ces mensonges répétés. Il sourit à son passé, comme un enfant sourit aux anges.

Il sait que désormais les grands voyages sont pour lui terminés. Il n'est pas si vieux, certes, mais hormis quelques rares invitations à des colloques qui, avec les ans, sont de plus en plus courts et de moins en moins loin de France, son champ de vie se rétrécit. Clô, elle, ne voit pas la situation de cet œil-là. A ses yeux, Uzès est le lieu d'une aventure sociale dont elle rêvait depuis longtemps. Ici, elle a enfin trouvé la scène sur laquelle jouer son rôle de jeune fille de bonne famille. Elle ne reçoit pas plus qu'elle ne recevait à Paris. Autrement dit jamais, mais elle acquiert peu à peu ce statut d'aristocrate de province qu'elle n'a jamais cessé de viser tout au long de sa vie. Ici, le diplôme de son époux, ses propres connaissances scientifiques, considérables, son appartement et son autorité native inspirent le respect. Elle n'aime pas que, pour s'amuser, ses neveux, qui parfois téléphonent, l'appellent « la duchesse d'Uzès ». On ne plaisante pas avec les titres. Contrairement à elle, M. René n'accorde aucune attention à l'image que donne leur couple. Il aimerait tant éprouver un peu de cette passion espiègle qui le poussait jadis, même aux pires moments de sa vie – pendant la guerre, par exemple –, à épier, non loin de la ligne Maginot où il était jeune soldat, le bouvreuil timide, dont la poitrine ponceau a la couleur des ronces qui moisissent sous la futaie, des fraises sauvages, des fruits du sorbier et des fleurs du chèvrefeuille. Assis – vautré, dit tante Clô qui déteste l'avachissement des corps et les tenues négligées – dans son fauteuil de cuir, M. René sursaute, furieux, lorsque son épouse l'arrache à la béatitude d'un sommeil d'après-midi qui, tous les jours, l'aide à retrouver les sous-bois d'antan. Elle ne manque jamais de le réveiller sous les prétextes les plus fallacieux. Aujourd'hui, le nez collé au carreau, elle lui décrit par le menu le mystérieux jeune homme dont la ville entière commente la présence. Elle l'invite à venir constater *de visu* la surprenante élégance de cet étranger solitaire et, dit-on, farouche, vêtu d'un costume… – elle hésite, cherche la nuance exacte : ni bleu ni gris ; gris ardoisé, c'est cela, oui, gris ardoisé, le costume –, qui prend ses quartiers d'hiver à Uzès. M. René hausse les épaules et d'un tiroir de son bureau sort un panatella.

6

Les premières gelées ont blanchi la campagne. Mme René l'a su avant même d'ouvrir ses volets. Ses os lui racontent toujours la météo avant tout le monde. Ce matin, elle s'est sentie légère. De cette légèreté qu'elle éprouvait enfant lorsque toute la famille se transportait à Megève au lendemain de Noël. Elle a gardé de ce temps-là un goût prononcé pour les climats extrêmes. Le froid dense de l'hiver la transportait de joie. Plus tard, vers douze-treize ans, un séjour en Afrique du Nord où ses parents s'étaient rendus pour affaires lui avait appris l'amour de la chaleur sèche, de cet air dense et torride qui incommodait sa mère, au point de la retenir couchée des semaines entières. Aux heures de canicule, tandis que la maison dormait, refermée sur elle-même, elle grimpait sur la terrasse d'où les jeunes filles arabes, des gamines de son âge qui tenaient la maison, la pourchassaient en riant. Elle jouait avec elles à cache-cache entre les draps étendus là sur de longs fils de corde. Ils étaient rêches, comme desséchés par ce vent des sables dont elle répétait voluptueusement le nom : sirocco...

Plus tard encore, lors des nombreux voyages professionnels qu'elle avait faits avec son mari, elle avait parfois retrouvé avec un indicible plaisir le bonheur de se sentir envahie par la canicule poisseuse ou le froid tranchant. Dans ces moments-là, elle ne tenait plus en place. Il fallait qu'elle sorte, qu'elle bouge, qu'elle parte. Seule. Jamais elle n'avait pu partager avec quiconque cette volupté climatique, cet émoi à ses yeux plus intense que celui de l'amour.

Ainsi ce matin-là avait-elle quitté l'appartement de la place aux Herbes, sans dire un mot à M. René. Il avait à peine levé le nez du livre qu'il feuilletait avec cet agacement qu'il manifestait toujours lorsque la rédaction d'un article ou d'un cours se montrait plus difficile qu'il ne l'avait imaginé. Elle avait pris la rue du 4-Septembre et rejoint la place de l'Évêché puis la promenade des Marronniers d'où l'on découvre le parc du Duché et au loin la vallée d'Eure, aujourd'hui saupoudrée de frimas. Dans le ciel d'un bleu sombre, la tour Fénestrelle, qu'elle observait à présent dos tourné au panorama, se découpait, presque irréelle, comme sur une carte postale. Elle aurait pu rester des heures à scruter le paysage en laissant le vent glacé lui piquer les joues et les yeux. Le temps devenait impalpable dans ces moments-là. Au loin, quelques corbeaux survolaient les champs gris de gel. Elle avait pensé : « Les corbeaux freux sont de retour. » Puis elle avait haussé les épaules, vaguement agacée par cette pratique, presque une manie chez les René, de ne se focaliser que sur les oiseaux. Finalement, de ne voir rien d'autre. Mais dans le fond, aucun être vivant, aucune créature de Dieu ne leur avait apporté autant de joies que les oiseaux.

On entendait à présent le « kaak » très particulier de ces corbeaux migrateurs qui ne regagnent le sud de la France qu'en hiver. D'un geste machinal, parce que le mot « hiver » avait traversé sa conscience, elle avait remonté le col de son trois-quarts en peau de mouton retournée. Oui, elle se sentait bien dans cette saison. Vraiment bien.

Plongée dans ses pensées heureuses, Mme René regagnait

la place aux Herbes par le chemin des écoliers. Comment se retrouva-t-elle devant l'hôtel d'Angleterre ? Ses pas l'avaient conduite là, simplement. Alors qu'elle était à quelques mètres du porche de l'hôtel, la porte vitrée s'était ouverte puis refermée sans bruit sur l'étranger, le « drôle d'oiseau » qu'elle voyait parfois de sa fenêtre. Il s'était engagé dans la rue sans se retourner. Instinct d'ornithologue, restes d'une bonne éducation bourgeoise qui prône modestie et discrétion, elle avait ralenti le pas. Il ne marchait pas vite, les deux mains dans les poches, une écharpe blanche jetée par-dessus le col d'un imperméable qu'il portait ouvert sur un costume marine. Ses cheveux raides, un peu longs sur le cou, s'accrochaient à la laine de l'écharpe. Ainsi vus de dos, ils avaient la rigidité souple et soyeuse des plumes.

Il n'y avait personne d'autre qu'eux dans la rue que balayait cette sorte de mistral qui souffle ici de l'autre côté du Rhône. Il avait fini par bifurquer dans une des ruelles qui mènent au boulevard Charles-Gide. Elle n'avait pas osé le suivre jusqu'au bout. A aucun moment il ne s'était retourné. Il est vrai que les semelles de crêpe de ses trotteurs ne faisaient aucun bruit et qu'elle avait toujours gardé les distances. Plus tard, lorsqu'elle repenserait à ce jour de novembre, il lui semblerait pourtant qu'elle avait vu ses yeux.

Pendant ce temps, M. René, qui s'était essayé en vain à rédiger ses notes, avait mis une partie de la bibliothèque à sac. Il finissait toujours par rejeter la responsabilité de ses carences d'écrivain-chercheur sur une documentation introuvable ou mal classée. Ce matin-là, pourtant, Mme René n'avait pas pesté en rentrant de sa promenade. Elle avait aidé son mari à ranger son fouillis et lui avait même proposé une petite séance de réflexion commune pour cerner un peu mieux le sujet de l'article. Tandis qu'en bougonnant M. René reprenait les fiches sur lesquelles étaient consignées leurs observations dans la nature, Mme René remarquait avec bon sens et une certaine bonhomie qu'il serait plus amusant de ne s'intéresser qu'à une espèce.

– Figurez-vous que j'y ai déjà pensé, dit sans aménité l'homme de l'art.

Imperturbable, elle fonçait dans la brèche. Elle adorait le titiller. « Penser ne suffit pas, ajoutait-elle, encore faut-il penser avec précision et choisir judicieusement. »

Exaspéré, M. René avait fini, comme d'habitude, par abandonner la partie à cette épouse qui ne lui passerait donc jamais rien. Alors, l'œil plissé et malicieux, elle avait laissé tomber :

– Le merle bleu : *Monticola solitarius.*

Vaincu, il n'avait rien répondu à la suggestion de sa femme. Dans la soirée, il lui poserait tout de même la question :

– Qu'est-ce qui, très chère Clô, a déterminé votre choix du merle bleu ?

Devant son incroyable silence, il avait poursuivi :

– C'est un bon choix, un très bon choix même. Mais il m'intrigue. Vous savez comme moi que cette espèce est rare dans nos régions. Éprouvez-vous une soudaine envie de promenade sur les falaises ?

Puis, comme il était en verve ce soir, ou bien qu'il avait à se faire pardonner son manque de courtoisie de la matinée, il s'était mis à raconter (à ressasser, pensait-elle) ses souvenirs de merles bleus et de jeunesse, dans les *paramos* de Castille, ces crêtes de calcaire sculptées par le vent qui ressemblent de loin à des châteaux arabes, ou au Maroc lorsque, ébloui de lumière, il avait exploré à cheval – « Fallait-il être jeune, ma chère ? » – les villages couleur de terre de l'Atlas. Sa voix devenait presque inaudible quand la passion le prenait. Possédé par son sujet, il chuchotait de longues phrases qu'elle n'écoutait plus. Seul le nom latin, *Monticola solitarius*, qu'il prononçait avec componction et douceur flottait par-dessus ses propos. Mme René le répétait derrière lui en silence comme un refrain ; comme une prière muette.

7

Lorsqu'il n'arpente pas les rues semi-désertes d'Uzès au seuil de l'hiver, Alain Rachet regagne Saint-Quentin-la-Poterie où il loue un vague studio à l'un des nombreux potiers du village. Il accède à sa tanière par un portillon au fond d'une cour. Les potiers, eux, n'habitent pas là. Ils vivent côté jardin, une maison dont la façade de pierre disparaît sous une énorme vigne que l'automne enflamme. Il y a quelques années, ils avaient aménagé, pour un apprenti dont ils s'étaient depuis longtemps séparé, une pièce avec salle d'eau près du débarras où s'entassent des objets divers et hétéroclites : vases ratés, carreaux de faïence, argile protégée dans des toiles mouillées, tours désaffectées, vieux cadres de vélos et même un landau anglais des années 50... Lorsque Rachet regagne son antre, il fait toujours nuit. Il le quitte tôt le matin avant que le village ne soit éveillé. Personne à Saint-Quentin n'a jamais vu son visage. Son logeur mis à part, personne ne sait qu'il habite là. Il paie en liquide, au mois, une somme assez faible qui, malgré tout, grève son maigre budget. Le potier ne tient pas à le déclarer. Lui, ne veut laisser ici aucune trace. Tout est bien ainsi.

Le plus souvent, il se déplace à pied. Il lui est arrivé de se faire prendre en stop par des voitures dont il vérifie toujours l'immatriculation. Jamais de plaque du Gard. Quand il arrive à Uzès, il se débrouille pour que personne ne voie d'où il vient. Ses apparitions dans la ville sont toujours calculées, toujours mises en scène. Ainsi ses sorties en apparence négligées de l'hôtel d'Angleterre...

Il a d'abord observé tout le monde. Il s'est rarement mêlé aux conversations, mais il a écouté. Puis, parfois, il a réutilisé à bon escient tel ou tel propos entendu çà ou là. Au départ, il n'avait rien prémédité, rien décidé. On verrait bien. Il avait seulement pensé que, pour faire son trou, il lui faudrait ruser. Une petite ville bourgeoise de province ne fait pas de cadeau à un étranger – un métèque – désargenté. Il serait donc un mystère. Sa belle gueule ferait le reste. Il n'avait plus qu'elle pour se débrouiller dans la vie. Pourtant, il n'avait jamais envisagé de vendre ses charmes sur la côte d'Azur comme certains de ses amis arrivés avec lui sur le même bateau de misère à Marseille. Il avait d'abord suivi les autres sur la côte. C'était le plein été et les touristes s'écrasaient sur les plages. Il avait erré deux ou trois jours et échoué à Sainte-Maxime. Avant de s'embarquer pour la France, un voisin et ami de son père lui avait donné l'adresse d'un neveu qui vivait et travaillait là, dans un hôtel chic, avait-il précisé avec un clin d'œil en lui tendant un morceau de papier froissé sur lequel était écrit d'une main hésitante le petit nom du garçon : Bibi, suivi d'une adresse vague : La Pinède. Sainte-Maxime. Il avait glissé le papier dans sa poche et l'avait oublié. Puis, à Marseille, il l'avait retrouvé presque par hasard. Il ne savait pas où aller. Sainte-Maxime était proche, ses copains partaient dans cette direction. Lui aussi. La plage lui avait paru laide avec tous ces parasols et ces matelas rayés séparés entre eux d'à peine un mètre. Lui, il n'aimait que les grandes plages vierges de son pays où il se baignait le plus souvent la nuit, à la lueur de la lune. Dans l'eau noire et tiède, ses mouvements de brasse suscitaient d'étranges fluorescences. A ces moments-là, lorsque seul était perceptible le balancement doux des vagues qui déferlaient sur le sable en chuintant, il se sentait le maître du monde. Mais la vie était devenue impossible ici. De l'autre côté de l'eau était son salut, se répétait-il.

Il avait cherché en vain un hôtel chic nommé « La Pinède ». Il avait fini par comprendre que cet établissement n'existait pas. En revanche, quelques rangées de parasols et de matelas bleu et vert portaient la mention « Les Pins ». Il avait alors trouvé sans difficulté le fameux Bibi. Il était garçon de plage, avait-il annoncé avec fierté. Il répondait sans attendre, sourire aux lèvres et œil de velours, aux cris aigus de vieilles belles à la chair abondante qui lui confiaient un chien à garder, un journal à aller acheter et, le plus souvent, leur corps mou à enduire de crèmes diverses et odorantes. Elles roucoulaient avec des rires de gorge qui parurent indécents au jeune émigré. Bibi, lui, passait et repassait une main caressante sur des fesses, des cuisses et des décolletés dont la peau brûlée de soleil se plissait sous le massage. Lorsque, s'accordant une pause, Bibi avait rejoint Alain pour boire un verre dans un bistrot loin de la plage, il avait alors fait allusion à l'argent qu'il gagnait avec « ces veilles peaux qui s'ennuyaient tellement le soir seules dans leur lit ». Devant le rictus de dégoût d'Alain, Bibi avait ri et déclaré en lui tapant sur l'épaule : « Tu fermes les yeux, tu penses à une vraie gonzesse et tu bandes, mon frère. C'est tout ce qu'elles te demandent. »

Alain avait quitté la côte le soir même par le train qui filait vers Bordeaux. Il était descendu en gare de Nîmes. Au lycée français où il avait étudié, on lui avait parlé des arènes, de la Maison carrée et du charme austère de cette ville romaine. Plus tard, il s'était retrouvé à Uzès. Il n'avait pour tout bagage qu'un sac à dos, cadeau d'un de ses professeurs. Il avait rangé dedans quatre chemises blanches, quelques slips, deux pantalons sombres, une veste marine et un manteau de pluie récupéré dans un café. Il avait enfilé son costume, sa seule vraie richesse, qui portait la griffe d'un bon faiseur. Sur la plage, il avait gardé le veston sur l'épaule comme le font souvent les hommes de Méditerranée. A Uzès, il renoncerait à cet usage, même lorsqu'il ferait chaud. Il comprendrait en voyant des travailleurs émigrés du coin que ce geste familier dénonçait ses origines.

Voici presque trois mois qu'il vit ici. Il connaît désormais bien des choses sur tout le monde. On ne l'a jamais invité à déjeuner ou à dîner, mais on lui sourit quand on le croise. Il surprend souvent des regards qui le scrutent, et constate que les conversations s'arrêtent parfois lorsqu'il passe devant un groupe de ces bourgeois tranquilles et vieillissants sur lesquels il a secrètement jeté son dévolu. Il a très vite renoncé à séduire jeunes femmes et jeunes filles. Il sait qu'il plaît, mais la relation avec ses égaux en âge est bien trop incertaine. Il n'a rien à offrir. Sa seule beauté, voire ses charmes, ne suffit pas à l'intégrer dans le tissu social d'une ville où l'on n'épouse qu'en ayant épluché les comptes du prétendant. Non, il ne sera ici ni le fiancé ni l'amant de personne. Côté sexe, il se débrouillera ailleurs et autrement. Nîmes n'est pas si loin. Ici, il sera le bon jeune homme qui protège et que l'on protège, le fils adoptif que l'on n'attendait plus. La palette des vieux couples sans enfants n'est pas si large… Il lui faut se décider. Dans le double fond du sac à dos, la liasse de billets s'amincit de jour en jour.

Dix-sept heures, il fait presque nuit, derrière le rideau de son appartement, place aux Herbes, la vieille dame aux kilts guette son passage quotidien sous les arcades. Elle ne se cache plus du tout et l'observe désormais sans complexe, nez collé à la vitre et plafonnier allumé. Jamais il n'a levé le visage vers elle. Sans doute croit-elle que, comme les prêtres ou les philosophes des images d'Épinal, il arpente la ville à heure fixe, perdu dans ses pensées ou dans ses prières.

8

Parmi le courrier dont le volume s'amenuise au fil des ans – bientôt il ne restera plus que les factures et les faire-part de deuil, soupire Mme René –, elle vient de repérer une enveloppe à l'en-tête de la société ornithologique de Madrid. Elle la caresse du bout des doigts. Tout à l'heure, quand René rentrera, ils la décachetteront ensemble. Elle est adressée à Monsieur. Même si elle avait porté leurs deux noms, elle ne l'aurait pas ouverte en son absence. *Idem* pour lui. Les lettres d'ornithologues sont pour le couple. Depuis presque un demi-siècle, ils les lisent de concert avec gourmandise, heureux d'y découvrir des informations, plus ravis encore d'y trouver des invitations.

Rongée d'impatience, Mme René s'affaire. Elle imagine le contenu de la missive. René est en contact avec les Espagnols depuis très longtemps. Leur première vraie collaboration remonte à presque trente ans. Ils étaient alors partis à Covarubias, un village de Castille, où une équipe espagnole étudiait le comportement des vautours dans une vallée proche. Elle revoit encore ce paysage de western d'un rouge cuivre d'où, disait René, on s'attendait toujours à voir surgir un Indien. En guise d'Indien, il n'y avait alors dans les parages que quelques paysans castillans à l'accent rocailleux qui s'exprimaient dans une langue si classique et si belle, selon leurs confrères venus de Madrid, qu'on les eût dits sortis d'un roman de Cervantès. Ils étaient restés trois semaines. Ils avaient dormi dans des auberges de village et deux nuits de suite à la belle étoile, dans la fameuse vallée dite des Vautours. Cela avait été amusant, voire excitant, d'observer, nez au ciel, le manège des oiseaux qui, dès les premières lueurs de l'aube, partaient en chasse, traçant dans les airs de vastes cercles de reconnaissance, avant de plonger vers le sol où ils avaient repéré des proies. Pedro, le chef de l'expédition, un homme brun et sec au profil de rapace, pouvait rester immobile même lorsque les vautours étaient si près que les lents battements de leurs ailes, semblables à des éventails, soulevaient la grande mèche noire qui barrait son front. A quelques mètres, à l'abri derrière un rocher, Mme René avait observé la scène. Elle avait raconté plus tard à son époux, qui ne gardait jamais les mêmes souvenirs qu'elle de leurs expéditions, que le vautour avait fini par s'envoler, effrayé par le regard perçant de cet ornithologue intrépide et, s'avouait-elle aujourd'hui, très séduisant.

Est-ce l'Espagne ? Est-ce l'évocation de Pedro ? Mme René est devenue songeuse. Elle laisse affluer les souvenirs ou plutôt les images. A la vision des vautours a succédé celle des merles bleus que l'on trouve un peu partout dans les régions rocheuses de la péninsule Ibérique. Le merle bleu… Ils ont à peine commencé à travailler cet article pour la société ornithologique du département. Deviendraient-ils un peu paresseux ? Paresse et vieillesse…

Ce serait formidable d'être invités en Espagne. Un vrai coup de fouet. Un stimulant. Juste ce dont ils ont besoin en ce début d'hiver mouillé et venteux. Ils y sont retournés à plusieurs reprises depuis l'épisode des vautours. A Barcelone surtout, et une fois à Grenade. Mais là, il n'y avait pas eu de terrain et donc pas d'aventure. Ils avaient juste participé à des colloques. René avait dû faire une ou deux communications. Elle perdait le compte des communications de son époux. A vrai dire, elle les redoutait. René parlait si bas, malgré les micros, qu'on ne l'écoutait pas toujours avec le respect et l'attention que méritait l'originalité scientifique de ses propos.

Elle regarde sa montre. Plus d'une heure que le courrier a été distribué et René n'est toujours pas rentré de sa visite à un ami en convalescence. Que peuvent-ils bien se raconter ? Mme René s'interroge souvent sur les propos que son époux, réputé silencieux, peut tenir en son absence. Depuis leurs premiers jours de vie commune, c'est toujours elle qui fait les frais de toutes les conversations. Sauf quand il s'agit d'ornithologie. Et encore...

Dans un quart heure, la banque va fermer. En province et surtout l'hiver, on ignore la journée continue. Elle n'a plus de liquide et tout à l'heure il faudra payer la femme de ménage qui travaille au noir et refuse les chèques. L'envie d'ouvrir la lettre la démange. Non, elle doit résister. Mais si René revient en son absence, saura-t-il résister lui aussi ? La voix de la sagesse ou de l'habitude lui dit qu'il résistera. Celle de la prudence lui fait glisser la lettre dans son sac et filer vers l'entrée. Une hâte soudaine la pousse à se rendre au plus vite à la banque. Au moment de sortir, le téléphone sonne. Elle décroche. Son interlocuteur – un magasin de Nîmes où elle a commandé du linge de maison – n'en finit pas de s'excuser pour le retard de la livraison qui aurait dû, etc., etc. Lorsqu'elle raccroche enfin, il est midi passé de quelques minutes. Elle file tout de même. Avec un peu de chance, les portes ne seront pas fermées. Elles le sont.

Mme René n'est pas du genre à se laisser vaincre par l'adversité. Elle a une carte bleue qu'elle n'utilise jamais dans les distributeurs, mais cela ne doit pas être sorcier. Elle glisse la carte dans la fente. Elle n'arrive pas à lire les instructions, fourrage dans son sac, en extrait les lunettes de secours, les autres, les vraies, sont restées sur la table du salon. Elle peste, chausse les lunettes. La vision de l'écran n'est toujours pas fameuse. Un peu mieux tout de même. « Tapez votre code confidentiel puis validez. » Son code confidentiel ? Bien sûr, elle a noté quelque part son « code confidentiel » ; mais où ? Elle cherche dans sa tête, retire ses lunettes qui lui donnent mal au cœur. Il commence à pleuvoir, une pluie fine et froide. Elle pense « crotte », pas « merde ». Question d'éducation. Si elle l'a noté – elle l'a fait, elle en est certaine –, elle devrait s'en souvenir. Elle est fière de ce don du ciel qui lui permet de mémoriser ce qu'elle a écrit une fois. Elle reconnaît qu'avec l'âge, il lui faut parfois écrire les choses deux ou trois fois avant de les retenir. Mais enfin, quatre misérables petits chiffres ! Elle va les retrouver, que diable ! Et les retrouver vite, sinon elle est bonne pour la grippe qui s'annonce rude, paraît-il, cet hiver. 66, oui, c'est cela. Elle se souvient du 66. Pyrénées-Orientales. Elle a toujours utilisé les chiffres des départements pour se rappeler les numéros de téléphone, par exemple. Après, elle ne sait plus si c'est 06 Alpes-Maritimes ou 07 Ardèche. De cœur, elle penche pour l'Ardèche, mais la banque n'a pas de cœur. C'est bien connu. A moins que ce ne soit 09, l'Ariège. Du coup, elle n'est même plus très sûre des Pyrénées-Orientales. On va bien voir, dit-elle à mi-voix. Mme René a toujours été une fonceuse, elle ne va pas se laisser intimider par un objet électronique. Au pire, elle repartira sans argent. Non, elle ne repartira pas sans argent liquide ! Elle tape sur le clavier d'un doigt de pianiste – « Comme un petit marteau ! » disait jadis son professeur de musique :

66 07. Puis elle appuie sur la touche verte « VAL ». La machine fait un drôle de bruit, puis affiche : « Vous avez fait une erreur de code. Recommencez la manœuvre. » Furieuse, elle repart de zéro. 66 06... Lorsqu'elle tape pour la troisième fois la dernière combinaison possible : 66 09, la carte disparaît dans les entrailles de la machine, avalée par un mécanisme suceur qui ne tolère pas l'amnésie, même partielle. Elle en pleurerait. Elle se sent soudain une vieille dame mouillée et humiliée. Elle n'arrive pas à quitter ce guichet électronique qui affiche à nouveau une annonce aguichante de bienvenue. Elle a envie de cogner la machine, de lui faire rendre gorge. Elle tente un petit coup discret, une claque d'encouragement. « Allez, donne, vomis ! » Les mères font souvent cela avec leurs jeunes enfants qui avalent tout rond de gros bouts de pain ou une demi-madeleine sans la mâcher. Mais la guichetterie automatique reste insensible et la pluie s'intensifie. Soudain, une voix derrière elle :

– Excusez-moi, auriez-vous un problème ? Je veux dire, puis-je vous aider ?

Par énervement, dépit, tristesse, elle ne répond pas tout de suite à cette voix profonde et douce. Lorsqu'elle finit par se retourner, elle reconnaît l'homme qui lui parle. C'est l'étranger, le drôle d'oiseau. Elle n'est même pas étonnée. Elle s'entend lui raconter par le menu son besoin d'argent liquide pour régler la femme de ménage, le coup de téléphone importun, la banque fermée, le numéro oublié. Elle se sent au bout d'elle ne sait trop quel rouleau. En tout cas, épuisée. Vide. Il comprend, acquiesce, écoute. Il propose de l'abriter sous son parapluie. Il la rassure : dès quatorze heures, elle pourra demander sa carte au banquier.

– Oui, mais, objecte-t-elle, à quatorze heures Djamila sera partie.

Elle n'a pas besoin d'expliquer qui est Djamila ni les problèmes financiers de cette jeune femme de ménage qui élève seule cinq enfants. Il sait. Elle poursuit ses réflexions à haute voix :

– René non plus n'a pas de liquide en réserve. Il n'en a jamais. Il compte toujours sur moi. Et d'ailleurs, est-il seulement rentré ?

Il ne répond rien, lui propose son bras, l'invite à s'abriter sous le grand parapluie noir. Une soudaine paix envahit la vieille dame. Elle n'a même pas besoin de lui indiquer le chemin à prendre pour se rendre chez elle. Il la guide avec cette légèreté exquise des très bons danseurs. Lorsqu'il referme son parapluie sous les arcades de la place aux Herbes, elle est comme enchantée. Ivre d'une étrange douceur. Subjuguée. Elle en a oublié la pauvre Djamila, la pluie, le froid, la carte perdue et même la lettre d'Espagne. Et quand le jeune homme lui tend la main en se présentant, coup de talon réglementaire : « Alain Rachet », et lui propose dans la foulée de lui avancer la paye de Djamila, elle accepte, sans honte, les trois cent quarante francs, à une seule condition : elle va lui faire un chèque correspondant à la somme. Il sourit, refuse. Il a confiance. Elle le lui rendra plus tard quand elle aura récupéré sa carte. Rien ne presse. Elle finit par acquiescer. Tout est si simple soudain. Lorsqu'elle monte les escaliers de son immeuble d'un pas guilleret, elle se dit seulement : « Il va absolument falloir que nous nous revoyions. »

9

Que se serait-il passé si Mme René n'avait pas accepté l'argent d'Alain Rachet ? Ou si, plus simplement, elle lui avait fait un chèque à la va-vite, sur le pas de la porte, coupant ainsi court à toute espèce de retrouvailles ? L'histoire se serait arrêtée là. Les René seraient partis à leur congrès. Puis, au retour, ils auraient repris leur vie tranquille et ennuyeuse. Il y aurait eu les bridges avec le notaire, l'avocat et le médecin à la retraite. Le passage d'un des neveux. Jérôme était celui qui « passait » le plus souvent. Il aurait appelé de l'un des hôtels luxueux de la région pour signaler sa présence, aurait proposé un déjeuner dans l'un des restaurants pas trop chers de la ville. Il y serait venu seul. C'est-à-dire sans l'une de ces somptueuses compagnes qu'il emmenait en week-end en se cachant à peine de son épouse qui, elle, restait à Paris avec les enfants. Il se serait malgré tout débrouillé pour que la fameuse compagne de voyage fasse son apparition entre dessert et café. Blonde, le mètre soixante-dix passé, un chic très anglais… Elles étaient toutes identiques. Il savait que ce demi-secret partagé avec ses vieux oncles les amusait plus qu'il ne les choquait. Tante Clô adorait découvrir ce qu'il fallait garder caché. L'oncle René, lui, n'avait jamais résisté au charme d'une jolie femme distinguée. Après le départ de

Jérôme, ils passeraient des semaines à se rappeler l'épisode Laura, Sandra, Joanna, Julia, Maria, Cassandra... Les amies de leur neveu avaient toutes des prénoms en *a*. Jérôme couchait de jolies femmes dans son lit, Clô et René coucheraient peut-être Jérôme sur leur testament...

Que deviendrait Alain Rachet dans un tel cas de figure ? Il lui faudrait trouver une autre proie. C'est une solution qu'il n'avait franchement jamais envisagée. D'abord, il n'aurait pas accepté qu'on parlât de proie à propos de cette adorable vieille dame. Adorable parce que vieille et donc en un sens touchante. Vulnérable ? Non, ce n'est pas le mot qu'il emploierait. Disponible serait plus exact. Il était urgent qu'il disposât d'elle, de son aide matérielle... Loin de lui la pensée de la blesser. Il se contenterait d'alléger ses vieux jours. C'était là le terme exact : alléger. Enlever les poids de la solitude, de la vieillesse, de la fortune. Tous les poids.

Entre Alain et Mme René, une dette, donc. Elle lui doit de l'argent. La voilà prise au piège. Ce sera désormais facile pour lui de la revoir. Difficile pour elle de ne pas lui faire confiance.

On aimerait arrêter l'histoire là. Éviter aux René les drames à venir. Mais alors il n'y aurait plus d'histoire, plus d'émotion, plus rien. Juste l'habitude, les petits bonheurs et les petits malheurs, le lent glissement vers la fin. Le sentiment de l'inaccompli. Deux existences pour pas grand-chose. La paix des vieux préfigure celle, toute proche, des cimetières. Elle a d'amères saveurs d'éternité.

C'est cela que sent confusément tante Clô en remontant d'un pas vif l'escalier monumental taillé dans la pierre qui mène à son appartement. Bien sûr, elle n'analyse rien. Elle ne laisse même pas affleurer ses impressions au niveau de sa conscience. Elle refuse de s'interroger sur le bien-fondé de son attitude. Elle sait que, dans la rue, on n'accepte pas des bonbons de la main d'un étranger. *A fortiori* des sous. Cela lui est égal. Les joues en feu, elle pousse la porte d'entrée, retient de justesse la femme de ménage sur le point de partir, lui glisse la somme exacte dans la main sans prendre le temps de la fourrer dans une enveloppe vierge comme elle fait par principe, parce qu'un salaire n'est pas une aumône. Elle salue René perdu dans la lecture évasive de son journal. Elle ne lui dira rien. Simplement, elle lui tendra l'enveloppe. Elle n'est même plus si sûre de vouloir quitter Uzès pour un congrès d'ornithologues. Elle ne le sait pas encore, mais, pour la première fois de son existence, elle vient d'infléchir son destin.

10

La lettre d'Espagne était bien une invitation à un colloque. Les René l'avaient ouverte et lue ensemble. Sans doute M. René avait-il été un peu dépité, voire déçu, par le manque d'enthousiasme de son épouse, pourtant friande de ce genre d'événements. De plus, elle avait toujours eu un faible pour l'Espagne et les Espagnols qu'elle prétendait si galants. Serait-elle lasse de voyager ? Par discrétion ou par simple habitude de se taire, il n'avait pas émis la moindre remarque. Le colloque se tiendrait à Salamanque dans un mois. Il fallait donner une réponse dans les huit jours. De quoi voir venir, en somme.

Depuis quelques semaines, M. René trouvait que sa femme changeait. Il n'aurait pas su dire si elle vieillissait ou si, tout au contraire, elle reprenait du poil de la bête. En un sens, son univers se rétrécissait. Elle provoquait bien moins qu'avant des sorties dans la garrigue, des petits voyages pour voir un musée, une exposition. Pis, elle semblait avoir renoncé à ces marches forcées en moyenne montagne par « souci d'oxygénation ». Il s'en serait franchement réjoui – il avait toujours détesté la manière dont Clô décidait bille en tête, un matin en se levant, qu'aujourd'hui on y irait marcher du côté de l'Aigoual ou qu'on pousserait jusqu'à Nîmes – s'il n'avait pas senti que cette soudaine sagesse qui la retenait à Uzès cachait des folies bien plus sournoises.

Les René n'avaient ni l'un ni l'autre de permis de conduire. Ils voyageaient en train, à vélo, parfois en car. Pour les longues distances, en avion. Et rien ne fatiguait plus M. René que la perspective de se lever à l'aube pour sauter dans un car, puis, le plus souvent, d'en prendre un autre au vol – même cavale pour le retour – parce que sa sportive épouse avait besoin de « s'oxygéner » sur des sommets qui, par chance, disait-elle, étaient voisins.

En un sens, la sédentarisation de sa femme lui permettait de souffler. Cependant, il éprouvait une certaine inquiétude devant ce calme soudain qui la retenait depuis plusieurs semaines dans l'enceinte malgré tout étroite d'Uzès. Elle quittait souvent la maison de la place aux Herbes pour de courtes promenades dont elle revenait, sans raison apparente, excitée ou déçue. En dehors de ces virées citadines et des trois ou quatre bridges hebdomadaires chez ses amis, elle passait le plus clair de son temps dans le coin bureau du grand salon dont les fenêtres ouvraient sur la place. Il n'y avait pourtant pas l'ombre d'une mélancolie dans sa manière de scruter la place que les intempéries de saison avaient vidée de ses passants. En un mot, Mme René ne lui semblait pas dépressive comme l'avait été jadis sa mère qui, les yeux pleins de larmes et la bouche tremblante, appuyait son front ridé sur la vitre en priant Dieu de la reprendre à lui. La pensée de cette mère depuis longtemps défunte le fait encore frémir de désespoir.

Non, rien à voir avec Mme René. Qui, elle, n'a jamais été si joyeuse depuis leur installation à Uzès. Il la sent gaie, pétillante derrière cette façade de respectabilité qu'elle se forge depuis des temps anciens. Dans le fond, il sait qu'elle lui ressemble. Ils n'ont jamais cessé d'être derrière les apparences, de sacrés garnements qui refusent de devenir adultes. Mais, pour la première fois peut-être, il sent qu'elle joue seule. Ou du moins sans lui. Cette pensée l'excite comme un collégien. Il sait bien que, depuis sa retraite, il a renoncé à bien des choses. Il a tendance à se laisser un peu aller. A être moins soigné de sa personne. A « tirer la flemme », comme dit son neveu Jérôme.

Voir Clô s'amuser en douce l'ennuie. Il aimerait crier : « Pouce ! » comme lorsqu'il était enfant et qu'il voulait entrer dans l'un de ces jeux musclés – ballon prisonnier, bataille rangée, attaque Indiens-cow-boys – qui réunissaient ses frères et ses cousins durant les longues vacances familiales dans les Alpes. Mais Clô est moins facile à convaincre que les grands dadais, pourtant coriaces, de ses jeunes années. Quoi qu'il dise, Clô n'en ferait qu'à sa tête.

Restait l'invitation au colloque. Il en avait relu le libellé et le programme sans être vraiment convaincu de la portée scientifique ou novatrice de cette rencontre. Mais, pensait-il, la réaction de Clô lorsqu'il lui avouerait son envie d'aller à Salamanque serait un bon test.

Il serait normal qu'elle ne fût pas emballée par le contenu des journées consacrées au « repli du rollier d'Europe (*Coracias garrulus*) sur le sud de la France et la péninsule Ibérique ». Vaste et beau sujet au demeurant que l'étude de ce petit oiseau au dos marron qui déploie dans l'envol de somptueuses plumes de couleurs vives, et qui, depuis plusieurs décennies déjà, ne cesse de reculer vers les zones sud de l'Europe.

M. René se souvient soudain d'un de leurs vieux amis suédois, le docteur Lagersen aujourd'hui disparu, qui avait passé sa vie à étudier le *Coracias garrulus.* Il racontait volontiers, avec cet humour particulier des savants, que si le *Coracias garrulus* quittait la Suède pour le Sud, c'était pour suivre les belles filles du Nord qui, dès les premiers soleils d'été, partaient vers ces contrées d'hommes bruns et velus auxquels elles offraient leurs corps pâles.

C'est tante Clô qui le tire de sa rêverie. Elle se tient là, au pied de son bureau, à la fois sévère et souriante. Elle le regarde. Et il se sent rougir comme toutes les fois où elle le surprend à somnoler devant sa table de travail. Mais cette fois-ci, il ne dormait pas. La meilleure défense…

– Croyez ce que vous voulez, ma chère, mais je ne dormais pas. Je songeais à ce colloque…

Elle ne le laisse pas poursuivre. On parlera de ce colloque plus tard. Si elle l'a interrompu dans sa… – elle cherche le mot juste, pas trop méchant – réflexion, c'est parce qu'elle veut lui présenter quelqu'un.

Il tombe des nues. Quelqu'un chez eux ? Mis à part la femme de ménage, le médecin et, parfois, le plombier, il n'entre jamais personne ici à moins d'avoir été annoncé, plusieurs jours auparavant, par téléphone ou par lettre. En outre, il n'a même pas entendu sonner. Se serait-il endormi sans le savoir ? se demande-t-il en cherchant à toute vitesse dans sa tête qui peut bien être le visiteur digne d'être ainsi convié.

Mme René a rejoint le salon. Il finit par la suivre. Dans le fauteuil crapaud rouge est posé un homme jeune qui se dresse dès qu'il franchit le seuil. Clô fait les présentations : mon époux, le professeur Pernet. M. Alain Rachet, mon bienfaiteur.

A-t-il bien compris le mot « bienfaiteur » ? Il tend la main plus par réflexe que volontairement. Non que le jeune homme soit antipathique, mais parce qu'il n'a pas vu son épouse ainsi, le rose aux joues et l'œil brillant, depuis… Impossible de compter. Depuis trop longtemps.

Clô a l'air ravie de contempler son visiteur-bienfaiteur brun, distingué et si correct assis sur la pointe des fesses dans ce vieux crapaud, seul meuble hérité de sa famille. Elle propose un thé. Il accepte. M. René n'a pas bougé depuis qu'il est entré dans la pièce, il n'a pas prononcé la moindre phrase. Il observe, médusé. Il attend qu'on lui explique. Par chance, son épouse revient très vite, le tirant ainsi d'embarras. Sur le plateau qu'elle tient à bout de bras est disposée sa plus jolie porcelaine. Elle a même sorti les quelques petits-fours dont il pensait se régaler ce soir avec de la glace. Le visiteur boit le thé comme un prince. Il a l'air plus détendu malgré sa réserve. Il est seul à savoir qu'il sort vainqueur de la deuxième épreuve.

Sans réel motif, M. René se sent étrangement bien. Il grignote des biscuits aux amandes. Il y a quelque chose de follement gai dans l'air. Clô lui a raconté son aventure d'hier : la monnaie, le distributeur, l'oubli du code… Alain Rachet – Clô répète sans cesse son nom, M. René finit donc par le retenir –, le dénommé Alain Rachet minimise son rôle. Remercie pour le thé. Prend l'enveloppe contenant la somme prêtée. Non, il ne peut pas s'attarder. Il doit rejoindre le clavier de sa machine à écrire…

Pour aujourd'hui, les René n'en sauront pas plus. Il eût été grossier de lui poser des questions, commentera plus tard tante Clô qui ne songe plus qu'à revoir son visiteur. Sur le seuil de la porte, elle lui demande l'autorisation de l'appeler Alain. Il est si jeune et ils sont si âgés ! Elle suggère : « Revenez un jour prochain, nous parlerons. » Il promet vaguement. Juste un peu pour donner l'espoir. Pas assez pour qu'elle y croie vraiment.

Des fenêtres respectives de leurs bureaux qu'ils ont rejoints sans faire de commentaires, un vieux monsieur et une vieille dame observent un beau jeune homme traverser la place aux Herbes, puis disparaître sous les arcades, sans se retourner.

11

Il avait fallu presque deux jours aux René pour se remettre de la visite d'Alain Rachet. Ils avaient éprouvé l'un et l'autre, côte à côte mais pas ensemble, une sorte de joie euphorique. Lui l'attribuait au changement dans l'ennui de cette vie provinciale qu'il n'avait jamais vraiment souhaitée. Du temps qu'il enseignait à Paris, et même s'ils n'avaient jamais reçu grand monde chez eux, il lui arrivait tout de même de passer une heure ou deux avec des étudiants français ou étrangers auprès desquels il se sentait si ce n'est important, du moins vivant. Cet échange, en dehors de tout rapport familial – leurs neveux aussi sympathiques soient-ils n'avaient jamais occupé de place ni dans leur vie ni dans leurs pensées –, cet échange avec des gens plus jeunes avait aidé M. René à négocier les paliers successifs de son existence. D'abord, il avait fallu rester jeune pour se sentir de plain-pied avec eux. Plus tard, quand la jeunesse n'était plus que de cœur – et encore ! –, la relation pédagogique avait pris une dimension réconfortante. Se sentir expert ou considéré comme tel par des garçons et des filles qui buvaient ses paroles était une sorte de récompense. Le reste du temps était consacré à la lecture, à l'étude, aux voyages, aux petits plaisirs gourmands de la table d'autrui, aux voluptés solitaires du fumoir… Et aux oiseaux, bien sûr.

Les oiseaux ! Ils avaient été toute leur vie. Ils leur avaient tenu lieu de famille, d'enfants, d'amis. Quand, autour d'eux, des couples de leur âge partaient à travers la France vacancière pour rejoindre leurs vieux parents, leurs petits-enfants ou simplement des lieux où ils passeraient entre amis ces jours si longs de l'été, eux compulsaient leurs fichiers et décidaient d'aller surprendre la migration prénuptiale précoce des courlis cendrés dans les salins d'Aigues-Mortes ou de guetter le vol majestueux des faucons pèlerins qui planent en solitaire au-dessus des gorges escarpées du Tarn.

Et ce sont eux, les oiseaux, qui les avaient conduits à élire domicile ici, à Uzès, d'où ils pourraient, avaient-ils pensé, se livrer, à portée de car ou de bicyclette, à leurs observations passionnées de ces êtres volants et chantants au contact plus facile que celui des humains. Avec eux, pas besoin de donner de date, d'heure, d'expliquer un départ, de mentir pour ne pas faire de peine.

Il était devenu ornithologue parce qu'il aimait la nature. Il avait trouvé les pierres trop silencieuses et tristes, les plantes trop fragiles. Les oiseaux lui avaient plu parce qu'ils étaient vivants, chanteurs et libres. A leur contact, il s'était senti aussi libre qu'eux. Il avait aimé Clô tout de suite parce qu'elle aussi était du parti des oiseaux.

Mais cette liberté que n'entravaient plus les cours à donner, les livres à écrire et les voyages en province à organiser, ne semblait plus si séduisante à M. René. Se le serait-il avoué sans la fugace présence de ce jeune homme charmant venu prendre le thé ? Peut-être pas.

Il espérait en silence qu'il y aurait une autre visite du jeune homme. Il pourrait lui parler de ses oiseaux. Un romancier doit s'intéresser à tout. Même aux oiseaux. Il comptait sur Clô, plus débrouillarde que lui, pour organiser la suite.

Tante Clô, elle, vivait autrement l'épisode du thé. D'abord, ce n'était pas sa première rencontre avec Alain ; elle l'appelait Alain dans sa tête. Pour elle, l'effet de surprise n'existait pas. Il y avait des mois qu'elle observait ce garçon étrange qui vivait à l'hôtel d'Angleterre et qui, avait-elle appris chez ses amis du bridge, s'était réfugié à Uzès pour y écrire un roman. Elle avait suivi ses pérégrinations à travers la ville, guetté ses passages, fréquents il est vrai, sous les arcades de la place aux Herbes, admiré sa solitude et cette indifférence racée qu'il manifestait à l'égard des Uzégeois de souche pour lesquels il était avant tout un sujet de conversation. Il traversait la vie et l'espace avec la superbe d'un aigle royal. Pourtant, elle en était sûre, Alain n'était pas un rapace. Il avait comme eux de la classe, mais, ce qu'elle préférait chez lui, c'étaient cette fragilité de roseau qui plie mais ne rompt pas, cette grâce du *Monticola solitarius*, ce merle bleu au plumage couleur d'ardoise qui fait son nid loin des hommes dans les escarpements rocheux brûlés de soleil et battus par les vents.

Elle avait aimé le jeune René dès qu'elle l'avait vu à une de ces soirées huppées qui ont pour but de faire se rencontrer des jeunes gens de condition semblable et aisée. Elle l'avait aimé parce qu'il était seul dans un coin de salon, cigare en bouche et verre à la main, tandis que tout le monde bavardait. Elle avait pensé « bavassait ». C'est cette solitude consentie, triomphante, orgueilleuse qui l'avait séduite. Ensemble ils avaient construit une vie à part. Loin des sentiers battus par une bourgeoisie qui ne songe qu'à se reproduire pour que triomphent ses valeurs. Ils n'auraient pas d'enfants, avaient-ils décidé de conserve. Ils seraient libres comme ces oiseaux que René étudiait ; qu'elle étudierait à son tour avec lui. Il faut savoir écouter les oiseaux. Pour cela, il faut aimer le silence. Ils s'étaient tus amoureusement pendant des décennies. Puis ils avaient vieilli. Ils avaient déménagé. Uzès plaisait à Clô. Ensuite, à dire vrai, elle s'y était un peu ennuyée, même si son statut social quasi aristocratique correspondait à ses vœux les plus chers. Enfin, elle avait été récompensée de son choix. Alain était apparu dans le paysage.

Alain… Comment parviendrait-elle à le faire revenir dans leurs murs ? Il ne serait pas convenable de l'appeler à son hôtel. Ils ne se connaissaient pas assez, et, de plus, il ne lui avait jamais donné son adresse. Le croiser par hasard, en forçant un peu le hasard ? C'était possible mais un peu prématuré. Il fallait lui laisser le temps d'avoir envie de les revoir. Mais en aurait-il vraiment envie ? Elle n'osait pas répondre à cette question qui était pour elle la question clé. Dans le fond, elle avait très peur qu'il ne les ait trouvés vieux jeu, ennuyeux. Elle n'avait jamais fréquenté d'écrivain. Et, à sa connaissance, René non plus. Elle aurait peut-être dû lui parler de littérature. Après tout, elle lisait beaucoup.

Jamais, jusqu'à ce jour, elle n'avait essayé d'imaginer la manière de vivre d'un romancier. Un homme d'écriture ne peut être que solitaire. Pauvre le plus souvent. Où donc avait-elle lu que George Sand, Alexandre Dumas et même Balzac écrivaient comme des forcenés pour gagner trois sous ? Ils étaient payés à la ligne. C'est la raison pour laquelle, disait l'auteur de ce livre dont elle avait oublié les références, ils multipliaient les dialogues et faisaient dire des « Ah ! » et des « Comment ? » à des personnages qui parlaient le plus souvent par courtes phrases et par interjections, rémunérées au prix de la ligne complète.

La pauvreté indubitable d'Alain Rachet – alors pourquoi l'hôtel quatre étoiles d'Angleterre ? lui susurrait une voix intérieure qu'elle refusait d'entendre – l'attristait. C'était une raison supplémentaire pour l'inviter à prendre le thé ou à déjeuner.

Le temps n'était pas encore venu de prendre une décision. Dans deux ou trois jours, elle y verrait plus clair. Deux ou trois jours sans savoir. Deux ou trois jours qu'il faudrait remplir d'activités pour ne pas penser.

Non, elle ne renoncerait tout de même pas à tenter de croiser le jeune homme dans la rue. Mais elle garderait ses distances. Il lui faudrait se blinder. Travailler pour meubler l'attente.

Un matin, trois jours après le passage d'Alain Rachet, Clô et René qui petit-déjeunaient sur la table de la cuisine déclaraient à l'unisson :

– Il est temps de reprendre nos travaux pour nos amis ornithologues.

Une heure plus tard, assis de part et d'autre du bureau de René, ils se lançaient dans la rédaction de la suite de l'article sur cet oiseau choisi par Clô et dont René approuvait aujourd'hui le choix sans réserve.

12

ARTICLE (SUITE)

Au terme de longues hésitations, de nombreuses réflexions et, somme toute, d'une grande expérience, il nous est apparu opportun, voire intéressant, de focaliser notre étude sur un oiseau sédentaire dont la présence en France est circonscrite aux seules zones de la Méditerranée : le Monticola solitarius, *communément nommé merle bleu.*

Monticola solitarius *est un oiseau que nous avons moult fois observé, et écouté. Il a suscité notre attention à bien des égards. Sa rareté dans nos régions, et sa découverte récente dans les Pyrénées-Orientales nous l'ont rendu plus précieux encore. Par ailleurs, les remarquables travaux réalisés par la société ornithologique du Gard, dont nous nous sommes souvent inspirés ici, semblent contredire d'autres recherches menées, elles, à l'extrême ouest du bassin méditerranéen et dans des zones de moyenne montagne (entre 900 et 1 600 mètres).*

Monticola solitarius *possède un plumage gris ardoisé. Il est farouche, discret, et, comme l'indique son nom latin, solitaire. Il a choisi pour territoire gardois les grandes falaises blanches et calcaires du mont Bouquet, de Saint-Hippolyte-du-Fort, d'Anduze, où s'exacerbent, selon les saisons, la chaleur du soleil ou le froid glacé du vent. On le trouve aussi dans les gorges encaissées et difficiles d'accès du Gardon et de la Cèze.*

On peut établir diverses analogies entre Monticola solitarius *(le merle bleu) et* Monticola saxatilis *(le merle de roche). Parmi lesquelles, le choix d'un territoire escarpé et exposé aux rigueurs climatiques. Comme* solitarius, saxatilis *niche sur les terrains calcaires, mais on le trouve plus volontiers à haute altitude alors que* solitarius, *lui, se contenterait, comme l'affirme Michel Jay dans* Les Oiseaux nicheurs du Gard[1], *de sommets peu élevés et de reliefs modestes.*

Cependant, il est à noter, comme le remarquent nos confrères de la revue Alauda[2], *que «* Monticola solitarius *est une espèce caractéristique des zones rupestres ensoleillées de la région méditerranéenne dont l'ère de répartition se situe en France dans la zone de l'olivier ». En revanche, dans les Pyrénées françaises, souligne toujours la revue* Alauda, *« il niche exclusivement dans la partie orientale de la chaîne où il peut atteindre 1 600 mètres ».*

Autre point de discorde entre les divers spécialistes de Monticola solitarius *: la nature géologique des sols sur lesquels il se fixe. Spécifiquement calcaires, remarquent les Gardois qui notent l'absence de cet oiseau sur les reliefs schisteux : « Pas de calcaire, pas de merle bleu ? L'hypothèse est largement crédible. »*

En revanche, une prospection menée en Andorre en 1990 et 1991 dans la paroisse de Sant Julia de Loria a permis de découvrir deux sites fréquentés par Monticola solitarius. *Ces deux lieux ont en commun d'être « des milieux rupestres secs, d'exposition sud, compris entre 900 et 1 200 mètres d'altitude sur substrat calcaire* et schisteux[3] *».*

---

1. Édité par le Centre d'ornithologie du Gard.
2. *Alauda* 60 (2), 1992, p. 116. Première nidification connue du merle bleu *Monticola solitarius* en principauté d'Andorre (Pyrénées).
3. C'est nous qui soulignons.

13

« Nous en avons mis du temps à rédiger ces deux malheureuses pages d'un article que nous aurions dû boucler en un clin d'œil ! » pensait Clô, dépitée. Elle avait assuré sans flancher son rôle de préposée à la documentation et à la correction. René, l'homme de l'art, ébauchait le premier jet, pour le sens. Ensuite, c'est elle qui donnait la patine finale. Mais aujourd'hui, elle se sentait épuisée et déçue par le résultat. C'était bien la première fois que le style d'un article la mettait dans un tel état de doute et d'angoisse. Il lui semblait que rien n'allait. Elle trouvait leur écriture pauvre. Pas très imaginative. Et surtout sans l'ombre d'une poésie.

C'était un beau sujet pourtant, le merle bleu ! N'était-ce pas elle qui l'avait choisi ? Et là, soudain, elle se sentait presque aussi sèche que son époux, peu sensible à la littérature autre que scientifique.

Sans même s'en rendre compte, elle s'était mise à relire leur texte avec l'exigence qu'elle croyait être celle d'un véritable écrivain. Elle ne s'était pas dit : « Comment Alain aurait-il lu cet article ? » Elle avait spontanément joué le rôle qu'elle attribuait au romancier Alain Rachet. C'est dire à quel point le jeune homme était entré dans sa vie.

M. René, lui, était plutôt satisfait de ces quelques heures

de collaboration avec son épouse, qui avaient grignoté, sans qu'il y prît garde, une bonne partie de sa journée. En un mot, le temps avait filé. Certes, ils auraient dû avancer davantage. Au moins terminer la première partie, descriptive, de ce travail qui ne lui apparaissait soudain plus comme un fardeau. Mais il fallait faire redémarrer les mécanismes de réflexion et d'écriture. Normal. Il y avait longtemps qu'il ne s'était plus contraint à la rédaction de fiches et de comptes rendus. Trop longtemps. Et puis, il faudrait bien qu'un jour ou l'autre ils se mettent à ranger leur documentation. Ils croulaient sous les classeurs, les chemises bourrées de coupures de presse, les livres, le courrier ornithologique non classé. Il finissait par ne plus savoir où donner de la tête. Certes, Clô s'acharnait à lui éviter les recherches les plus ennuyeuses – c'est elle qui grimpait sur les tabourets, vidait les tiroirs, s'agenouillait sur le tapis pour dégotter dans les piles tel ou tel article à citer en bibliographie ou à consulter sur-le-champ. Par chance, elle avait une mémoire d'éléphant, et finissait toujours par trouver. Mais que de temps perdu ! Que de pauses dans la rédaction pour vérifier telle ou telle observation ! Sans tous ces handicaps, ils auraient sûrement rédigé deux à trois pages supplémentaires.

Une voix intérieure lui chuchotait un « et alors ? » sceptique. Oui, dans le fond, pourquoi vouloir brûler les étapes, terminer au plus vite, battre des records de vitesse ? A leur âge, toute accélération ne saurait que les précipiter plus rapidement vers la fin. Il refusait le mot « mort ». Peut-être parce qu'il ne croyait pas à la mort organique. Bien qu'il fût chrétien, catholique et ancien élève des bons pères, M. René, qui accompagnait toujours son épouse aux offices, avait trouvé sa vérité dans la lecture de Diderot. Il ne se serait jamais déclaré matérialiste, pourtant, il aimait croire scientifiquement à l'éternité de la matière. Il fut un temps, certes lointain, où dans les soirées bien-pensantes il citait le philosophe des Lumières écrivant à sa chère Sophie son espérance folle que s'unissent, un jour, pour l'éternité, les molécules amoureuses de leurs corps défunts.

M. René pense soudain à sa jeunesse, à ses lectures de jeunesse, à tous les projets qui furent alors les siens. Il en avait réalisé un bon nombre. De quoi être assez satisfait. Mais il avait abandonné bien des rêves... S'il avait vingt ou trente ans, s'il pouvait repartir de zéro, il serait sûrement ornithologue, sûrement marié à Clô. Mais il n'aurait pas de maison à Uzès. Pas de maison du tout. Il enviait ceux parmi ses collègues qui avaient su garder un peu de cette liberté nomade dont il avait rêvé jeune homme. Il vivrait à la manière de ces oiseaux migrateurs qui vont et viennent entre plusieurs pôles, plusieurs lieux, à la recherche d'un éternel printemps. Ah ! être comme eux à la fois libre et organisé...

Ces deux mots, « libre » et « organisé », s'incarnent soudain dans l'imaginaire de René. Une silhouette brune, mince, élégante s'insinue dans son cerveau. Puis soudain, un éclair d'intelligence. Comme le bon commissaire qui, dans les cinq dernières minutes d'une enquête serrée, voit s'imprimer la vérité sur sa rétine et s'écrie : « Bon sang, mais c'est bien sûr ! », René voit se fixer sur son écran mental le visage d'Alain Rachet. C'est lui le coupable de cette vague de nostalgie, de ce coup de blues. C'est sa jeunesse, sa liberté sans contrainte, sa décontraction, son imagination, grande sans nul doute, puisqu'il est écrivain, qui l'ont poussé à rêver d'une nouvelle vie.

René hausse les épaules. Il connaît si peu et si mal ce jeune homme que de telles pensées sont vraiment hors de propos. Sans doute Clô et lui souffrent-ils un peu de solitude et d'enfermement. Un petit voyage et il n'y paraîtra plus. L'Espagne tombe à point nommé. Salamanque en cette saison doit être délicieuse, dorée à souhait et pas trop polluée par les touristes. Il faudra convaincre Clô. Ce ne devrait pas être trop difficile.

M. René a quitté son siège. Il a ouvert son coffre à cigares, il choisit un panatella rapporté de chez Davidoff à Genève. Tous ses cigares ont une histoire liée à ses voyages, conférences et déplacements. Il l'allume debout devant sa fenêtre. Dehors, le vent qui souffle par rafales arrache les dernières feuilles jaunes des arbres. Uzès a son visage d'hiver. Il fume en faisant d'épais ronds de fumée bleue. Dehors, dans la lumière incertaine de cet après-midi, il aperçoit quelques passants qui traversent la place à la hâte puis qui s'engouffrent sous les arcades.

Clô est sortie tout à l'heure, juste après qu'ils ont interrompu leur travail. Elle avait une course à faire. Les activités multiples et variées de Clô à l'extérieur, en dehors des parties de bridge, sont toutes baptisées « courses ». C'est commode pour eux deux. La course relève du domaine de madame, les longues heures dans un fauteuil à éplucher la presse, scientifique et autre, est une attribution de monsieur. Ce sont des choses qui ne se discutent pas.

Bien calé sur ses deux pieds, le ventre légèrement en avant, René fume devant sa fenêtre. Il joue avec sa cendre exagérément longue ; il résiste encore un peu à la déposer dans un cendrier. Les ronds bleus et épais de fumée montent vers le plafond comme d'étranges signaux adressés à des passants invisibles.

Lorsque Clô, qu'il n'a pas entendue rentrer, ouvre sans frapper la porte du bureau, René tressaille au point de faire basculer sa cendre. Sans un mot de reproche, son épouse sort un Kleenex de sa poche, se baisse et ramasse d'un coup le petit tuyau grisâtre, en partie écrasé, qui trône telle une crotte sur le tapis précieux.

René ne dit rien. Sans doute se sent-il comme un gamin pris en faute. Tout en fourrant le mouchoir en papier sali dans la corbeille, Clô annonce avec un frémissement de triomphe dans la voix :

– Le jeune Alain Rachet, vous vous souvenez, mon bienfaiteur, viendra prendre le café avec nous en début de semaine prochaine. Il veut bien relire notre article. Pour le style, bien entendu.

Et comme René ne dit toujours rien, elle ajoute :

– Quand faut-il s'inscrire pour Salamanque ? Trois jours en Castille avant les grands froids nous feront le plus grand bien.

Avant de quitter le bureau de son mari et sans lui accorder le moindre regard, Clô ouvre en grand la fenêtre.

14

Clô ne se souvient pas d'avoir été un jour dans un tel état d'attente. Elle n'attend pas – avec joie, appréhension, nervosité – l'arrivée d'Alain Rachet qui doit passer aujourd'hui vers quinze heures. Elle est pure attente. Son corps, son esprit, ses pensées et même ses souvenirs sont entièrement tendus vers ce moment de la journée où la sonnerie de la porte retentira. Elle ne sera pas surprise par le timbre aigu de la sonnette car elle aura vu arriver leur invité. Elle sait qu'il traversera la place de son pas tranquille très légèrement chaloupé. Un pas de danseur. Elle sait tout de ses itinéraires. Elle l'a si souvent observé.

En lui proposant quinze heures et non quatorze heures trente comme c'eût été logique, Clô se laissait le loisir de guetter le jeune homme. Ses activités ménagères étaient réglées comme une horloge. Le temps de brancher la cafetière, déjà pourvue d'eau et de café, de ranger la cuisine, de glisser les couverts dans le lave-vaisselle, il était presque la demie. Lorsqu'ils étaient seuls, c'est-à-dire toujours, le café était alors prêt et ils le buvaient assis au salon dans un silence quasi religieux que troubleraient plus ou moins vite, selon les saisons, les premiers ronflements de René basculant en douceur dans le sommeil.

Elle profiterait de cette demi-heure de battement pour se débarrasser de cet affreux petit tablier qu'elle enfilait dès qu'elle entrait dans la cuisine, pour se redonner un coup de peigne et se préparer à la réception. Elle avait prévu un déjeuner sans odeur. Pas de friture qui s'imprègne dans les cheveux, les tissus et même dans les murs. Pas de potée ni d'autre plat hivernal contenant du chou malodorant. Malgré toutes ces précautions, il faudrait aérer avant qu'il arrive. Bien sûr, ils auraient pu l'inviter à partager ce repas éthéré, mais elle avait si peu l'habitude de cuisiner pour trois. En réalité, cela ne lui était plus arrivé depuis… Elle compte. Elle recompte. Comment est-ce possible ? Trente-cinq ans ! Il y a trente-cinq ans, au bas mot, qu'elle n'a pas convié quelqu'un à leur table. Comme le temps passe… Pourtant, quand elle y repense, il lui semble que c'était hier qu'elle accueillait de vagues cousins, un couple, dont le mari avait de l'influence dans les milieux scientifiques et pourrait être utile à son cher René.

Ils avaient apporté une bouteille de champagne, une Veuve Clicquot millésimée dont la seule évocation lui titille encore les papilles. Elle avait cuisiné tout l'après-midi, un véritable balthazar composé d'œufs en meurette, de saumon en papillote accompagné d'un assortiment de légumes frais. Somptueux plateau de fromages. Le cousin en était friand, avait-elle appris par hasard. Le dessert – un duo de glace au chocolat noir et de sorbet à la menthe poivrée – venait de chez Berthillon.

Recevoir un couple, mettre deux couverts supplémentaires, compter jusqu'à quatre, en somme, lui avait semblé à la fois exaltant comme le sont les gageures – il n'était pas question de manquer ni de gâcher – et ennuyeux. Le temps passé à concevoir et réaliser des plats qu'on liquidait en moins de deux heures lui semblait en grande partie perdu. Bien sûr, il y avait eu les conversations, plutôt amusantes. La cousine avait de l'humour, un franc-parler et une fraîcheur qui tranchaient avec l'aspect austère de son époux. Mais c'était tout de même lui qu'il fallait séduire. L'avait-il été ? Les résultats étaient là. Mais chaque fois qu'il lui était arrivé de s'interroger sur le bien-fondé d'un tel dîner, de moins en moins souvent avec les ans, elle avait conclu que rien, pas même l'aide efficace dont avait bénéficié René grâce à son intervention, non, rien ne justifiait que l'on passât plus de quatre heures en cuisine pour autrui.

Pourtant, ce n'était pas la raison pour laquelle elle n'avait pas convié Alain Rachet à leur table. En un sens, elle se sentait intimidée par ce jeune homme discret. Elle ne voulait surtout pas l'effaroucher en se montrant trop entreprenante. Elle le sentait fragile, prêt à disparaître au moindre faux mouvement. Lorsqu'elle pensait à Alain, c'est-à-dire tout le temps, elle se prenait à rêver d'inventer avec lui un type inédit de relation. Un lien exclusif et léger, une sorte d'amitié sublimée.

Bien sûr, elle manquait de références en matière de rapports humains. Petite dernière d'une famille nombreuse et bien-pensante composée de garçons qui, à sa naissance, avaient pour la plupart quitté le foyer pour la pension, elle n'avait pas connu ces tendresses de l'enfance partagée à grands coups de câlins, de rigolades et de bagarres. On l'avait élevée comme une demoiselle, avec cette sévérité et ce souci de classe qui aujourd'hui encore la faisaient se tenir raide sur sa chaise, le dos bien droit, décollé du dossier d'environ dix centimètres, la tête haute, les épaules basses. Le cou tendu comme une vieille danseuse.

On lui avait permis de passer son bac. Ce qui, pour une fille dans ces années-là, était assez rare. Puis son père avait décrété qu'elle apprendrait l'anglais. Ajouté à ses bonnes manières, cela lui garantirait un mariage convenable.

Plus tard, elle avait rencontré René. Il était le premier et le seul homme de sa vie.

Ce bilan affectif pauvre – pas d'amourettes frustrées, pas de copains, pas d'amis à la vie à la mort, pas d'enfants, pas d'envie d'en avoir ni de s'en inventer – ne l'attristait pas. Il l'inquiétait soudain parce qu'elle ne savait pas analyser ce qu'elle éprouvait pour cet étranger qui, dans quelques heures, viendrait les rejoindre, elle et son vieux mari. Dans quelle catégorie fallait-il ranger les sentiments – elle refusait farouchement de prononcer le mot – qu'elle sentait naître en elle ?

Ce dont elle était sûre, c'est qu'il n'y avait rien de sexuel là-dessous. Elle s'était posé la question sans la moindre gêne. Chez les René, on avait toujours appelé un chat un chat, et le désir le désir. Et il n'était pas question de se raconter des histoires pour occulter ce que des bourgeois médiocres jugeraient honteux. Non, elle n'éprouvait pas le moindre désir pour ce jeune homme. Ni pour lui ni pour personne. Il y avait beau temps que son corps avait cessé de vibrer. Clô éprouvait encore parfois de la passion, mais seule sa tête était alors au rendez-vous. Sa chair fatiguée, elle, n'était plus de la partie. Sa passion concernait plus les choses que les êtres, plus les oiseaux que les humains. Pourtant, lorsqu'elle faisait le tour de tous les sentiments connus et répertoriables en matière affective, pour tenter d'identifier cet élan qui la poussait vers Alain Rachet, elle finissait toujours par le situer du côté de la passion. Non, Alain Rachet ne lui inspirait ni amour, ni désir, ni tendresse, ni amitié. Il suscitait chez elle une passion comparable à celle qu'avaient déchaînée l'observation et l'étude de certains oiseaux. Contrairement à l'amour qui anesthésie le cœur de celui qui aime et espère, la passion avive, réveille, stimule la vie du passionné, pense-t-elle en regardant sa montre. Oui, elle se sent comme neuve, lavée de l'intérieur. Elle attend son écrivain comme jadis René et elle guettaient le cœur battant, à plat ventre sur une piste d'aéroport de campagne, l'apparition furtive et improbable de l'alouette calandre, gourmande d'herbe rase et de solitude.

L'image de René qu'elle revoit à son côté à tous les instants de sa vie d'adulte l'émeut plus qu'elle ne saurait le dire. Elle ne l'a pas exclu de cette nouvelle aventure qu'est la rencontre d'Alain Rachet.

Elle sait que, comme elle, il attend. Il l'attend.

15

Il faut jouer serré, s'était dit Alain Rachet ce matin-là en se levant. Il avait avalé son café à la hâte, avait choisi sa plus belle chemise, blanche avec un col anglais, et avait quitté Saint-Quentin alors que le ciel passait du mauve pâle de l'aube aux premières lueurs sales d'une journée sans soleil. Depuis quelques semaines, il avait acquis par l'intermédiaire de son logeur un vieux Vélosolex qui lui permettait de rejoindre Uzès de manière autonome. Il avait trouvé, un peu à l'écart, un hangar désaffecté où il garait son engin. Quand la ville s'éveillait au terme d'une nuit paisible et que les ménagères à cabas vaquaient à leurs occupations, Alain Rachet prenait son deuxième café dans un bistrot de la périphérie. Puis, plus tard dans la matinée, il faisait, çà et là, quelques apparitions, paradant avec discrétion devant tous ceux qui, à travers Uzès, colportaient déjà sa légende. En revanche, il savait qu'il lui fallait être plus roué, plus lointain avec les René. Il lui arrivait donc parfois de se cacher en apercevant au loin la jupe plissée de Mme Clô.

Il avait acheté une ramette de papier et une chemise cartonnée grise qu'il exhibait ou cachait selon les jours. Pour ces gens qui l'observaient avec une curiosité teintée de respect, il était écrivain ; et un écrivain ne se promène pas sans cesse un manuscrit sous le bras. En revanche, il semble normal qu'il se relise dans un café ou même qu'il y prenne quelques notes, voire qu'il y rédige quelques pages. Où donc avait-il lu qu'une célèbre romancière dont il avait oublié le nom avait écrit la plupart de ses œuvres dans des cafés ?

Lorsque était né en lui le projet de se greffer sur une vieille branche – c'est la formule qu'il employait dans sa tête –, il ne savait pas encore comment il faudrait procéder. Jamais il n'avait douté de sa réussite. Non pas qu'il était sûr de lui ou imbu de sa personne, mais parce qu'il ne pouvait pas échouer. Jusqu'ici, sa vie avait été une longue lutte. Il avait tout quitté pour survivre : sa famille, son pays, ses amis. Il avait franchi la Méditerranée. Il lui restait encore quelques sous. Pas grand-chose. Dans moins de deux mois, il n'aurait plus rien. Alors il n'avait pas le choix. Mme Clô avait mordu la première à l'hameçon. Et même s'il aurait préféré séduire un couple plus argenté, plus excentrique, comme celui formé par le vieux notaire et son épouse aux cheveux mauves, des amis des René du reste, il se sentait presque heureux à l'idée de se retrouver dans quelques heures chez ceux qu'il nommait, entre ironie et tendresse, « ses oiseaux rares ».

Il s'était interrogé : faudrait-il venir les mains vides ou apporter un présent, fleurs, pâtisserie, confiserie ? Il connaissait mal les usages de la bourgeoisie de province. Il avait donc posé la question à la jeune serveuse d'un des bars où il avait ses habitudes. Elle le couvait toujours du regard, lui servait son petit noir accompagné de trois ou quatre chocolats et rougissait dès qu'il lui adressait la parole. Elle avait rougi plus que d'habitude et l'avait regardé sans comprendre. Il avait réitéré sa demande :

– Quand on est invité à prendre le café chez des gens importants qu'on connaît peu, est-il ou non bienvenu d'apporter un cadeau ?

Il s'était encore passé un long temps avant qu'elle ne réponde. Visiblement, elle était stupéfaite de se voir confier un rôle de conseillère en bonnes manières. Elle avait fini par dire en baissant les yeux :

– Pour un café, non, c'est pas la peine. Pour un repas, c'est autre chose.

Il l'avait remerciée avec un grand sourire et un petit pourboire. Ce qui reflétait plus l'état de ses finances que celui de sa bienveillance.

Le seul point qui le chagrinait, c'était ce travail de relecture littéraire qu'avait sollicité de lui la vieille dame. Il n'avait pas bien compris ce dont il s'agissait. Il savait qu'il lui faudrait lire avec sévérité ce que ses hôtes avaient écrit, semble-t-il sur un oiseau, dont le nom latin était quelque chose comme *solitarius*. Un oiseau solitaire, comme lui.

Il avait objecté qu'il ne connaissait rien aux oiseaux. Ce qui avait amusé Mme Clô. On ne lui demandait pas une expertise ornithologique, mais simplement un avis de critique littéraire et d'écrivain. C'est tout.

Mais il n'était ni l'un ni l'autre. Il lui faudrait improviser. Depuis combien de temps n'avait-il pas lu un livre, un vrai livre ? Il fait défiler très vite des jours, des mois dans ses pensées. Très vite pour ne pas se laisser happer par les affreuses images d'un passé que dominent la mort violente, la pauvreté, le malheur. Il cherche à repérer les moments heureux de son existence comme on piste une image rare sur un film qu'on déroule en accéléré. Il revoit ses livres d'école, la bibliothèque du lycée, les poèmes de Baudelaire qu'il lisait en cachette dans son lit en rêvant aux corps somptueux et interdits des femmes qui en ce temps-là s'offraient, sans voile, aux regards. Le souvenir de Baudelaire et des femmes sensuelles de son pays charrie des parfums de menthe, de cannelle, de géranium, d'eau de fleur d'oranger… Ici, depuis plusieurs semaines, l'air ne sent plus que la terre mouillée.

Il avait toujours préféré la poésie à la prose. Il lui semblait que la brièveté intense du poème correspondait mieux à cette soif qu'il avait de vivre vite pour aller plus loin. Mais, bien sûr, il n'avait jamais rien écrit depuis les lointaines dissertations de ses années sans histoire. Il obtenait toujours d'excellentes notes en commentaires de textes français. Courage, il s'en sortirait. Il avait encore gardé le vocabulaire. Les mots, après tout, ne sont-ils pas l'essentiel ? Quand on a les mots, le reste vient.

Midi. Le temps avait passé plus vite qu'il ne l'espérait. Il savait attendre. Il avait, comme feu son père, une patience de chasseur. Et des nerfs. Ses seules défaillances survenaient toujours juste avant les vrais combats, les rencontres. Il se revoit, tapi sous le plancher de la cuisine, juste sous la trappe qui donne accès à la vieille cave désaffectée. Au-dessus de lui, il entend les cris de terreur des amis qui l'ont accueilli. Il sait que, s'il sort de sa cachette, sa vie est finie, comme la leur. Ça fait près de deux heures qu'il est là. Il lui suffit de tenir encore quelques minutes…

Chaque fois qu'il repense à cette scène, il a l'impression qu'il va s'évanouir comme il s'est évanoui alors. Par chance, les tueurs étaient bruyants. Ils n'avaient pas été alertés par le bruit de son corps tombant sur les cadavres de bouteilles qui dormaient là, dans l'ombre et la poussière, depuis des décennies.

Il n'est plus temps d'évoquer le passé. Plus temps de s'interroger. Ni remords ni regrets. Ici ou ailleurs, Alain doit lutter pour sa vie.

Le nouveau restaurant italien où on ne le connaît pas encore sera l'endroit idéal pour se préparer mentalement à la rencontre. Pizza et eau minérale. Il faut garder la tête froide. Café ? Non, pas de café. Son cœur bat déjà assez fort. Et puis le café, il va le prendre dans exactement… trente-cinq minutes. Il sera ponctuel.

Pourquoi se sent-il soudain si nerveux ? Il est déjà allé place aux Herbes. Il a déjà ferré ses hôtes. Aurait-il de tardifs scrupules ? Ou simplement peur ? Non, rien de tout cela. Il ne va faire de mal à personne. Et personne ne va lui en faire. Ce qu'il cherche, ce qu'il veut et qu'il va obtenir – il en est sûr ou du moins il fait semblant de l'être –, c'est se faire adopter. Les gens ordinaires, seuls ou en couple, jeunes ou vieux, adoptent volontiers des chiens, des chats, des souris blanches, des perroquets ou des perruches. Des enfants parfois. Nouveau-nés et garantis de bonne souche. Rarement lorsqu'ils ont plus de cinq ans. Presque jamais lorsqu'ils sont adultes. Au-delà de cinq ans, dit-on, la greffe ne prend pas. Il faudra bien qu'elle prenne, dit-il entre ses dents avec cette rage sourde qui ressemble à de l'angoisse.

Par espièglerie, parce qu'il sait que Mme Clô le guette derrière la fenêtre, il change son itinéraire. Il ne traversera pas la place. Il arrive directement sous les arcades, au pied de la maison des René. En passant devant les vitrines de la librairie, il s'arrête, une dernière pensée pour Baudelaire. Puis repart. La suite va très vite : son pas léger sur la pierre des marches. La sonnette qui résonne. Un trottinement derrière la porte. Puis le vieux visage souriant, épanoui de Clô, « s'il vous plaît, appelez-moi Clô », qui le surprend toujours par la dureté qu'on y lit derrière la jovialité de l'accueil.

Quand la porte se referme sur lui, ils savent tous, chacun selon son rêve, que les jeux sont faits.

16

Alain Rachet avait quitté l'appartement des René quelques minutes avant dix-sept heures. Après son départ, Clô, encore un peu nerveuse ou pour le moins excitée, avait rangé, nettoyé, lavé. Elle se sentait en proie à cette gaieté légère que l'on attribue, à tort, aux pinsons. Il avait promis de revenir. Ils avaient même retenu une date, dans six jours. D'ici là, l'un et les autres avaient à travailler. Lui sur son roman, dont il n'avait voulu rien dire. Clô avait aimé sa formule et le sourire profond qui l'accompagnait :

– Une histoire que l'on raconte, c'est un roman que l'on n'écrira jamais.

René et Clô poursuivraient leur article... C'est fou ce que ce jeune homme – tiens, nous ne lui avons pas demandé son âge – sait écouter ! Il ne connaît vraiment rien à l'ornithologie et pose parfois des questions ingénues, mais dès qu'on lui explique, on voit ses yeux briller d'intelligence. Il a une capacité étonnante à enregistrer les informations. C'est sans doute normal pour un écrivain. L'imagination légendaire des romanciers repose en grande partie sur leur excellente mémoire et sur un grand don de l'observation. Au fond, lui et nous faisons le même métier, avaient-ils déclaré dans une sorte d'allégresse consensuelle. Et c'est René, en homme de science, qui avait tiré la conclusion :

– Nous, nous observons les oiseaux à leur insu, et vous, les hommes. Dans les deux cas, nous sommes des regards solitaires et privilégiés.

Tout était dit.

Alain Rachet s'est montré pointilleux sur le style des René. Il leur a conseillé d'éviter les adverbes qui alourdissent la souplesse du verbe. Il a suggéré de modérer l'emploi des adjectifs qui, lorsqu'ils sont rares et bien choisis, nuancent agréablement la pensée, mais qui peuvent aussi, lorsqu'ils sont trop nombreux, l'écraser.

Clô aimerait pouvoir se réciter de mémoire toutes ces jolies phrases qu'il a énoncées avec simplicité. En les notant tout de suite, elle pourrait en sauver quelques-unes. Il y en avait une surtout à propos de la brièveté de l'article qui, lorsqu'il est maîtrisé, doit être aussi concis que de la poésie... Mais non, elle ne retrouve pas les mots exacts qu'il a employés. Elle a été surprise de l'entendre citer Baudelaire. Avec son visage d'ange, sa tristesse voilée et son air de n'être de nulle part, elle l'aurait plutôt imaginé amateur de Rimbaud. Elle avait toujours eu un faible pour Baudelaire, même si, jeune fille, quand elle lisait en cachette *Les Fleurs du mal*, il lui arrivait de se sentir troublée, voire gênée, face à une poésie dont la sensualité capiteuse lui semblait à la fois enivrante et inconvenante.

Mon Dieu, que ce temps-là de ses lectures sulfureuses, ou qu'elle pensait alors sulfureuses, est loin ! A l'âge d'Alain Rachet – vingt-cinq, trente ans, guère plus – elle n'aurait pas osé discuter de littérature, d'écriture et de style avec des vieux chnoques dans leur genre, malgré tout assez savants. Elle riait en se disant avec tendresse : « Il est gonflé. Oui, dans le fond, il est gonflé. » Et elle trouvait cela merveilleux, ce culot, cette assurance devant les mots qui l'avaient toujours un peu terrifiée dès qu'ils étaient écrits.

Il avait eu une bonne idée. Rompre avec le style traditionnel des communications. Oui, c'est cela. Il avait suggéré qu'ils poursuivent leur récit sur le merle bleu de manière plus narrative, plus romanesque en un sens. Leur notoriété en la matière leur permettait de passer outre les formes classiques de rédaction d'article. Il serait intéressant par exemple qu'ils parlassent d'eux, du regard, pas seulement scientifique mais aussi affectif, esthétique, qu'ils portent sur cet oiseau qu'ils ont choisi entre tous.

Alain Rachet avait plaisanté, évoqué Montaigne définissant son amitié avec La Boétie et suggéré de conclure leurs quelques pages sur *Monticola solitarius* en le parodiant : « Parce que c'était lui, parce que c'étaient nous… »

Il faudrait tenir six jours avec tous ces souvenirs. Elle aurait le temps de les ressasser, les resucer, les ronger jusqu'à l'os. Le temps de s'en inventer d'autres, encore plus beaux.

René a regagné son bureau en sifflotant. Il s'était abstenu de fumer le cigare en compagnie de ce jeune homme si bien élevé, si fin lecteur, dont il avait observé les mains avec attention et conclu : non fumeur.

Là, dans son antre, l'œil joyeux, il s'était choisi un cigare torsadé qu'un confrère lui avait offert pour son anniversaire en lui assurant que c'étaient ces cigares-là que fumait Jacques Lacan. Il fumerait donc comme le gourou de la psychanalyse française sur le divan duquel un certain nombre de ses collègues s'étaient allongés. Avec son solide bon sens, Clô prétendait qu'à défaut de pouvoir briller par leurs travaux scientifiques, ces professeurs respectables, mais un peu secs, s'achetaient à prix d'or le droit de dire en société qu'ils fréquentaient le pape de la pensée analytique.

René rit en tirant sur son cigare qui ressemble à un bois de cerf. Il aimerait bien pouvoir raconter ces histoires de Lacan à ce jeune Rachet. Mais sans doute ne l'amuseraient-elles pas. Elles n'amusent que des gens comme lui, des vieilles badernes. Qui, dans la jeune génération, pourrait encore comprendre qu'on se battait pour s'asseoir dans la salle où le maître faisait son séminaire ?

C'est bien loin, tout cela. Pourtant, chose rare, l'évocation du temps écoulé n'engendre pas chez René l'ombre d'une mélancolie. Il se sent en forme. Prêt à se remettre au travail. Prêt à se « déboutonner », comme l'avait suggéré Rachet. Il avait raison, ce garçon. Il était devenu trop prudent. Et même Clô, plus audacieuse que lui pourtant, n'osait plus grand-chose de neuf. Enfin, presque. Il fallait bien reconnaître que la rencontre avec Rachet, c'est à elle qu'il la devait. A sa maladresse de vieille dame, au départ, mais pas seulement. Elle avait su nouer le contact.

S'il s'écoutait, il reprendrait *illico* tout ce qu'ils avaient déjà écrit, le corrigerait à la lumière des suggestions de Rachet, et il continuerait à écrire. Il y a bien longtemps qu'il n'a pas éprouvé une telle envie de faire quelque chose. Une envie de collégien ou d'étudiant. Un de ces désirs fous qui vous poussent à passer une nuit blanche pour terminer un livre, une expérience, un article, une fiche. Pour aller jusqu'au bout d'un rêve.

Debout devant sa fenêtre dont il a tiré les rideaux, René fume en regardant d'un œil distrait la place qu'éclairent à présent les réverbères. Les platanes dépouillés dénoncent l'hiver proche. Dans moins de trois semaines – dix-sept jours exactement –, ils partiront pour Salamanque. René n'est pas très séduit par la perspective de ce voyage. Il pense qu'il faut le faire, qu'il faut y aller. Ne serait-ce que pour ne pas se couper tout à fait de la communauté scientifique internationale. Cela fera du bien à Clô. Même si, elle non plus, n'a pas l'air très enthousiaste à l'idée de revoir sa chère Espagne. Il faudra qu'ils parlent de ce colloque à Rachet. Ça l'amusera sûrement. Peut-être connaît-il Salamanque. Une bien belle ville, ma foi, avec sa place à arcades, son université, ses maisons en pierre dorée et sa manière hautaine de dominer un paysage ocre et ras. Il se souvient, alors qu'il était un tout jeune professeur, d'un colloque à l'université de Salamanque au cours duquel de vieux chercheurs – malgré tout moins vieux qu'il ne l'est aujourd'hui – l'avaient bizuté en l'obligeant à trouver la fameuse grenouille sculptée sur la façade de la faculté. Dans le fouillis des entrelacs et des sculptures, véritables joyaux du style plateresque, la figure du batracien était à peine perceptible. Il avait mis un temps fou à la repérer. Temps que ses confrères enregistraient à leur montre. A chaque minute écoulée, il recevait un gage. Un gage, un verre de vin rosé à payer. Au bout du compte, il avait dû offrir trois ou quatre tournées générales de *clarete* sous les rires et les quolibets de ces joyeux savants à l'esprit carabin. C'est ce soir-là qu'il avait pris sa première cuite…

La sonnerie du téléphone le tire de sa rêverie. Il n'a jamais aimé répondre. Il sait que Clô finira, elle, par décrocher de l'autre côté de la porte. Elle décroche. Il l'entend s'excuser platement à travers la cloison. Ce n'est pourtant pas le genre de son épouse. Elle pénètre dans son bureau, le cheveu un peu plus flou que d'ordinaire, l'air hilare. Elle ressemble à une gamine qui vient de faire une mauvaise blague :

– Savez-vous, mon cher, que j'ai oublié le bridge de dix-huit heures ?

17

ARTICLE : SUITE (2)

*Notre souvenir est vif d'une de nos observations du merle bleu, pratiquée en mai 1991 dans une des vallées andorranes, non loin de la frontière espagnole. Nous avions grimpé par des sentiers escarpés rendus glissants par l'effritement des lauses dans lesquelles ils ont été creusés. La végétation méditerranéenne odorante (*Thymus vulgaris, Euphorbia chacarias, Lavandula spica, Juniperus phoenica *et quelques rares* Olea europa*) ajoutait au charme de cette journée d'un printemps avancé. Des informateurs nous avaient prévenus de la présence de merles bleus dans le secteur. Jusqu'alors, il ne nous avait été donné d'en observer que dans le Gard où – habitant alors Paris – nous nous rendions souvent, vu la richesse ornithologique de ce beau département du Sud.*

L'Andorre nous avait tentés car les seuls et rares merles bleus découverts dans cette partie de la Catalogne n'avaient été repérés qu'en exposition nord. C'est en avril 1976 qu'un observateur anglais avait noté la présence de deux Monticola solitarius *à Canillo, village andorran situé près de l'Ariège.*

Nous savions par ailleurs que depuis la fin des années 80 la présence de merles bleus avait été observée en exposition sud et en milieu rupestre sec. On nous avait en particulier signalé la présence d'un mâle chanteur solitaire effectuant de nombreux vols nuptiaux. Sur un autre site avait été aussi repéré un couple explorant des cavités. Le mâle de ce couple manifestait, lui aussi, une très intense activité de chant.

Il n'est rien de plus beau, de plus émouvant que de voir et d'entendre les mâles chanter au printemps. Émotion d'autant plus forte que l'oiseau chanteur est par ailleurs un solitaire farouche qui fuit les hommes et les lieux visités. Le chant du merle bleu, lorsque se dissolvent au soleil les dernières rigueurs d'un hiver qui, dans les vallées d'Andorre en particulier, sait se montrer rigoureux, est, plus qu'un autre, plein d'espoir.

L'oiseau peine pour dépouiller son chant de sa gangue primitive. Pendant des semaines, il devra assouplir son gosier jusqu'à ce qu'en sortent les sons les plus purs. Avril et surtout mai ont connu l'apogée des chants, et pourtant, à aucun moment, le charme de la voix n'est plus subtil que dans les soirées de fin juin, quand un rien de lassitude apparaît déjà chez les chanteurs.

C'est le 21 mai – comment l'oublier ? – que nous avons pu voir de nos yeux émerveillés un couple nourrissant des jeunes à quelque 1 100 mètres d'altitude. Le nid était situé dans un trou du mur d'un vieux cimetière en exposition sud, non loin de Sant Julia de Loria. Nous apprendrions plus tard, par des confrères ornithologues, que les petits étaient au nombre de trois. Ils avaient été aperçus, apprenant à voler avec leurs parents non loin du nid. Le bleu nuit de leurs ailes ardoisées se confondait presque avec les lauses d'un noir bleuté que l'on extrait ici du sol en dynamitant la montagne et qui servent, entre autres, à recouvrir les toits et les murs des maisons, et à faire cuire de délicieuses grillades.

Dix jours après notre magnifique découverte – le 31 mai donc –, alors que nous étions sur le point de rejoindre Paris, nous a été offert, comme un cadeau inattendu, le chant de deux merles bleus mâles qui volaient ensemble non loin du site où nous avions observé le couple et ses petits. Strophes aux tons flûtés et pleins. Dialogue de phrases courtes et bien liées. Sonorités liquides dans le silence d'une nature dont les premiers soleils chauds exacerbent les parfums. Plus qu'un hymne à la bien-aimée, ce chant des deux mâles exprimait l'émotion, la passion, la vigueur, la légitimité. La grandeur de la solitude.

18

Plus tard, lorsque l'histoire des René et de leur drôle d'oiseau défraierait la chronique d'Uzès, ces gens qui lui avaient souri diraient à l'unisson qu'ils avaient bien vu, eux, que ce jeune étranger – ils diraient : cet émigré de merde qui vient manger le pain des Français, ce putain de métèque – était un escroc-né, un menteur comme tous les gens de sa race. Ils diraient aussi qu'il avait manœuvré comme un fou, inventé des stratagèmes pour se rapprocher d'eux et devenir indispensable.

Mais ils ne sauraient jamais – l'eussent-ils su qu'ils ne l'auraient pas cru – que le hasard, plus que son prétendu machiavélisme, avait aidé Alain à s'installer à demeure dans la vie des René.

C'était un vendredi de décembre ; trois jours avant que les René ne partent pour Salamanque. Depuis la veille, le soleil était revenu, timide mais agréable. Alain était passé prendre un dernier café avant leur départ. Non, il ne connaissait pas Salamanque, mais il avait lu, il y a longtemps, affirmait-il – ce qui faisait sourire les René pour qui longtemps recouvrait désormais plusieurs décennies alors que lui avait à peine la trentaine –, il y a longtemps, il avait lu un livre, anonyme lui semblait-il, en tout cas il ne se souvenait pas d'un nom d'auteur, dont le héros, un jeune garçon nommé Lazare, vivait à Salamanque où il était guide d'aveugle. Le Lazare en question était un sacré malin, avait-il précisé d'un air entendu et sans en dire plus.

Les René lui avaient donné leur date de retour. Qu'il passe donc dès le lendemain. Ils auraient sûrement des tas de choses à lui raconter. Ils avaient failli lui demander de garder leurs clefs. Ils n'aimaient pas les confier à la femme de ménage qui vivait à quelques kilomètres d'Uzès et qui, en cas d'urgence – incendie, dégâts des eaux, comment savoir ? – ne pourrait en rien prévenir les pompiers ou tout autre genre de sauveteurs. Mais ils n'avaient pas osé. Leur amitié était un peu jeune. Et surtout, ils craignaient de le déranger.

Le vendredi donc, René, que le beau temps et la perspective de ce voyage ragaillardissaient à vue d'œil, avait décidé d'aller jusqu'à Nîmes faire quelques courses indispensables. Il voulait s'acheter des pantoufles de voyage qu'on ne trouvait que là-bas. Clô, elle, souhaitait acquérir un de ces petits fers à repasser pliants si commodes à glisser dans une valise. Mais elle n'avait pas du tout l'intention d'accompagner son mari. Ce vendredi était jour de bridge chez les notaires. Ils recevaient une cousine anglaise de madame qui avait la réputation d'être une championne. Rien n'excitait autant Mme René que la perspective de se mesurer à une championne. Et puis, elle avait raté plusieurs séances, ces derniers temps, parfois sans même s'en rendre compte et sans s'excuser. En présentant ses excuses après, ce qui n'est pas tout à fait recevable.

René avait pris le car pour Nîmes en début d'après-midi. Il rentrerait quand il aurait fini. Surtout qu'elle ne s'inquiète pas. Clô, elle, avait rejoint ses amis notaires vers seize heures. Elle était d'abord passée à la librairie pour y prendre le nouveau guide bleu sur l'Espagne. L'ancien qu'ils trimballaient depuis des lustres était vraiment devenu obsolète.

Elle se sentait joyeuse, un rien excitée à l'idée de ce voyage qui, au début, ne l'avait guère tentée. Plus que leur départ dans trois jours ou même que leur séjour, elle se plaisait à imaginer leur retour. Elle se voyait, des souvenirs agréables plein la tête, regagnant gaiement Uzès où les attendait Alain. Car désormais ils n'étaient plus seuls. Alain était là qui penserait à eux en leur absence, qui viendrait les voir dès le lendemain de leur retour. Parfois, il lui arrivait même de se dire qu'Alain les attendrait à la gare routière. Elle l'imaginait, élégant et sobre, beau comme un prince lui tendant la main pour l'aider à descendre les quelques marches du car. A cette idée, elle prenait conscience de leur solitude. Jamais aucun enfant, aucun parent n'était venu les accueillir lorsqu'ils rentraient de voyage. Pour être juste, jamais non plus elle n'avait pensé qu'elle pourrait un jour désirer que quelqu'un vînt l'attendre. Avant qu'Alain ne croise leur chemin, elle ignorait ce que pouvait être la dépendance. René et elle se suffisaient à eux-mêmes. A présent, elle se découvrait plus vulnérable et plus riche à la fois. Dans quelques mois, elle aurait quatre-vingts ans. René, lui, quatre-vingt-deux. Il n'est jamais trop tard pour découvrir la vie et les émotions qu'elle réserve.

C'est dans cet état d'esprit que Clô avait sonné chez les notaires. L'Anglaise était rousse, pour ne pas faire mentir la tradition. Sûrement teinte, vu son âge. Elle portait un tailleur couleur layette qui pendait autour de son corps maigre. René aurait sûrement dit qu'elle ressemblait à une pintade, pensa Clô en serrant énergiquement la main osseuse de cette lady.

La table de jeu était dressée dans un coin du salon, près de la fenêtre. Mais il fallait d'abord sacrifier à la tradition du thé.

Clô n'avait pas encore terminé sa deuxième tasse lorsque le téléphone retentit. Trois sonneries. Quelqu'un avait décroché du couloir ou de l'office. Sans trop savoir pourquoi, Clô avait posé sa tasse et se tenait, tout ouïe, à l'affût de ce pas glissé, des toc-toc à la porte et de l'entrée de la bonne qui, la mine défaite, avait chuchoté quelque chose à l'oreille de la maîtresse de maison.

Avant même que son hôtesse ne s'adressât à elle, Clô était debout, comme tétanisée. Il était arrivé un malheur, elle en était sûre.

Deux visions l'avaient alors assaillie avec une égale violence. Dans l'une, elle voyait René renversé par un véhicule, gisant sur un trottoir. Dans l'autre, c'était Alain qui tenait la place du blessé ou du mort.

Avec d'infinies précautions, l'épouse du notaire, qui la tenait maintenant par le coude avec douceur, lui annonçait qu'il y avait un problème. Il lui sembla qu'elle mettait une éternité à en énoncer la teneur. Elle avait peur d'entendre les prénoms de René ou d'Alain. Et ce fut un tel soulagement lorsqu'elle entendit au milieu de circonvolutions apaisantes : « On vient de cambrioler votre appartement », qu'elle éclata d'un rire inextinguible. Un rire de folle, diraient plus tard le notaire et son épouse quand tout serait fini et qu'on l'emporterait en ambulance, riant de ce même rire, vers la maison médicalisée dont elle ne reviendrait pas.

Les notaires et leur Anglaise l'avaient raccompagnée chez elle, pour l'aider à surmonter le choc. La voisine du dessus qui était passée devant leur porte avait vu des morceaux de bois joncher le palier. En réalité, il ne restait plus grand-chose de la grande porte teintée acajou. Le spectacle n'était pas beau à voir. Les cambrioleurs étaient simplement entrés à la hache. En voyant les esquilles de bois, aux arêtes vives d'un blanc laiteux, Clô avait pensé à des plumes de tourterelle ou de mouette.

Sans doute les voleurs avaient-ils été dérangés dans leur exploration des lieux, car ils n'avaient visité que le bureau de René et le salon. Ils avaient vidé les tiroirs, jeté à terre des livres, soulevé ou arraché les coussins des fauteuils. Pas grand-chose. Ils n'avaient pas touché au téléviseur, un vieux modèle, ni à la chaîne stéréo, un vieux modèle, pas même laser. En revanche, ils avaient trouvé les vieux bijoux de Clô, ceux du temps où elle était petite fille. Elle possédait encore quelques chaînes offertes pour sa communion, des médailles plus ou moins bénies, une vieille bague, une épingle à bavoir garnie de perles fines. Rien ne tout cela n'avait vraiment de valeur. Pas même sentimentale. Les gens qui les lui avaient offerts, relations de ses parents, vieilles tantes austères, l'avaient fait par devoir. Si elle n'avait pas gardé d'eux le moindre souvenir, elle avait conservé ces petites choses, fidèle à cette éducation qui veut qu'on ne jette pas, qu'on ne gâche pas. Les quelques vrais bijoux étaient enfermés dans un coffre de banque.

Ce qui la troublait le plus, outre la porte sauvagement éventrée, c'était le spectacle offert par les coffrets anciens que les cambrioleurs avaient alignés, ouverts et vidés sur la table. Dans le dernier écrin tapissé de coton rose fané reposait une médaille de saint Joseph. Elle avait pensé : « Des dingues, ces types-là sont des dingues ! » Et elle s'était mise à frissonner pour de bon, à claquer des dents de peur. Puis la police appelée par le notaire était arrivée.

Le vacarme de la sirène avait alerté une bonne partie du voisinage. C'est ainsi qu'elle avait vu arriver, timidement, sur la pointe des pieds, Alain Rachet qui passait par là et qui s'était informé auprès des voisins.

Qui, le premier, avait ouvert les bras à l'autre ? Elle s'était retrouvée en sanglots contre la poitrine du jeune homme qui la berçait comme une enfant. Non, qu'elle ne se fasse pas de souci, il était là. M. René ne tarderait pas non plus. Non, il ne les laisserait pas seuls cette nuit sans porte à leur appartement. Il veillerait sur eux. Mais si, ils pourraient partir à Salamanque puisqu'il était là. Si cela les rassurait, il viendrait s'installer chez eux en leur absence. Qu'il écrive ici ou ailleurs… Rassérénée, épuisée, Clô pleurait encore, mais cette fois-ci avec délices.

19

Alain les avait appelés deux fois à Salamanque pour leur donner des nouvelles de la porte, définitivement terminée et vernie : « Blindée comme l'avait exigé l'assurance, six points d'ancrage, clef spéciale numérotée. »

Et il était là à la descente du car, comme dans les rêves les plus insensés de Clô qui avait rosi en lui tendant la main. René, lui, s'était contenté de lui tapoter familièrement l'épaule avec un vague commentaire – c'est gentil ou c'est aimable – très en dessous de la joie et de l'émotion que déclenchait chez lui la présence du jeune homme. Alain s'était saisi des bagages. Clô avait tenu à traîner elle-même sa valise à roulettes. Puis, dans le grincement chantant des roues, le petit cortège avait remonté l'esplanade et gagné la place aux Herbes par le passage du Marché. Arrivé devant l'immeuble, Alain Rachet avait tendu le nouveau trousseau de clefs à Clô ; puis il avait pris son bagage et grimpé l'étage avec une souplesse que René lui enviait en souriant. Devant la porte close, que Clô inspectait du plat de la main avant de l'ouvrir, Alain s'était courbé en une petite révérence. Il était temps qu'ils reprennent possession de leur demeure. Il avait veillé à ce que le nettoyage soit fait. Il espérait n'avoir rien dérangé. Il leur demandait par avance pardon, mais il avait dû utiliser pendant deux jours leur machine à écrire. Son portable était tombé en panne. Irréparable, avait dit le réparateur. Il lui faudrait donc en acquérir un autre, mais, pour l'instant, ce n'était pas à l'ordre du jour. Il avait prononcé cette dernière phrase encore plus bas que les autres. Puis, alors que Clô émerveillée testait la serrure « à six points d'ancrage » qui faisait un bruit d'enfer à chaque tour de clef, il avait filé, avec cette célérité discrète dont les René avaient jusqu'alors pensé qu'elle était l'apanage des seuls oiseaux.

Dépités, seuls dans leur grand salon impeccablement rangé, le couple se sentait soudain orphelin. C'est à peine s'ils avaient remercié Alain. Il s'était enfui sans leur laisser le temps de se retourner, d'ouvrir leurs bagages et d'en sortir le nouveau stylo à bille Mont-Blanc qu'ils avaient acheté pour lui dans la meilleure papeterie de Salamanque. Cadeau coûteux, certes, mais modeste comparé au service rendu par le jeune homme.

Service qui, depuis qu'ils avaient franchi le seuil de leur appartement, prenait des dimensions insoupçonnées. Le petit vase en cristal du salon était garni d'un bouquet mélangé aux dominantes bleues, et, dans le frigo, il y avait du lait frais, des jus de fruits et de quoi préparer une salade et une omelette. Le compotier contenait quatre pommes reinettes. Il avait pensé à tout.

Passé la première inquiétude d'un si rapide départ et l'émotion devant tant de générosité et d'attentions, les René avaient repris leurs habitudes. Chacun dans son coin attendait le retour d'Alain Rachet. Mais, désormais, ils attendaient sans angoisse, sans se demander si oui ou non il reparaîtrait. Quelque chose avait changé dans leur relation. Il était devenu des leurs. Il avait vécu ici, travaillé ici, tapé sur leur machine à écrire, regardé comme eux derrière la fenêtre close l'hiver engourdir la ville. Il avait écouté le vent s'engouffrer sous les arcades, et observé les moineaux frissonnants sur le rebord de la fontaine. Sa présence était presque palpable. Au fil des jours, elle deviendrait indispensable.

Tout pouvait désormais aller très vite. Clô et René désiraient la présence d'Alain dont ils ignoraient qu'une bonne part de ses maigres réserves avait fondu dans l'achat du bouquet et des quelques vivres acquis à leur intention. Il ne lui restait plus de quoi payer un nouveau mois de loyer et se nourrir. Il avait songé à vendre le solex, en cas de vrai pépin. Mais franchement, il n'y croyait pas. Les René étaient ses débiteurs. La greffe s'imposait. Pendant qu'ils étaient à Salamanque, il avait soigneusement exploré l'appartement. Aucune pièce ne pouvait l'accueillir en l'état. Mais il ne fallait pas grand-chose pour transformer le débarras près de la cuisine où les René n'avaient pratiquement rien entreposé. D'autant qu'il jouxtait un cabinet de toilette facilement transformable en douche.

Comment avait-il osé commander trois clefs au lieu de deux sans en aviser ses amis ? Devant l'air surpris du serrurier qui l'avait informé qu'avec ce modèle on ne livrait que deux clefs, il s'était entendu répondre : « A leur âge, mes amis préfèrent donner une clef à un tiers au cas où il leur arriverait quelque chose. » Il avait convaincu l'employé qui avait facturé une clef supplémentaire.

Il avait remis les trois clefs aux René qui n'avaient posé aucune question. Qui n'en poseraient jamais aucune, ignorant jusqu'au bout que cette troisième clef était une commande.

Et, comme par hasard, lorsque Alain était revenu les voir quelques jours après leur retour – jours qui avaient paru interminables au couple demandeur –, ils lui avaient proposé de garder cette clef, « au cas où ». Ce jour-là, il était passé vers dix-huit heures. Trop tard pour le thé. Aussi l'avaient-ils prié de rester dîner, « à la fortune du pot », avait déclaré Clô, triomphante.

Vers dix-huit heures trente, alors que René avait attiré Rachet dans son bureau pour lui faire lire les derniers paragraphes de cet article qu'ils avaient rédigé, il y a longtemps, avant Salamanque, Clô était entrée en cuisine avec ardeur. Elle avait acheté à seule fin de les partager avec Alain des queues de langouste qu'elle comptait servir cuites au court-bouillon, froides et accompagnées de sauce mousseline. Les langoustes attendaient depuis deux jours dans la partie la plus froide du réfrigérateur.

Ce soir, c'était vraiment la fête. On commencerait donc par prendre l'apéritif. René proposait du porto-colloque-sur-les-goélands-argentés-du-Portugal 1982, du whisky-écossais-journées-européennes-d'ornithologie 1978 ou de la vodka-polonaise-études-des-itinéraires-migratoires-des cigognes-en-Europe. Ils avaient ri. Ils avaient bu. Puis, au moment de passer à table, Clô avait sorti de sa poche le petit paquet contenant le Mont-Blanc. Alain avait remercié avec cette maladresse charmante de ceux qui n'ont pas l'habitude de recevoir de cadeaux. C'est ce qu'avait pensé Clô tandis qu'elle regardait ses mains qui tremblaient en défaisant, sans le déchirer ni l'étrangler, le nœud du ruban.

Il s'était dit ému par le choix du stylo. Et sans doute l'était-il. Il murmurait qu'il n'en méritait pas tant. C'était bien trop beau pour lui. Dans sa main longue et brune aux ongles soignés, le stylo avait de l'allure, s'était dit René. Il avait toujours été sensible à la beauté des mains.

Puis ils étaient passés à table. Pas l'ombre d'un commentaire sur la somptuosité du menu. Les hommes avaient complimenté la cuisinière. Elle avait haussé les épaules, ravie. Il n'y avait rien de plus simple à réaliser. Ils mangeaient avec gourmandise.

Les René avaient un peu raconté Salamanque. Colloque sans intérêt, avaient-ils conclu. Clô avait ajouté en se léchant la lèvre tachée de sauce mousseline : « Nos copains ornithologues vieillissent. Je n'aime plus du tout les vieux. » Puis elle avait éclaté d'un rire joyeux, communicatif.

Alors qu'elle se levait pour aller dresser le dessert sur un plat – « J'ai juste fait cuire une tarte aux pommes... » –, laissant seuls les deux hommes qui sirotaient leur verre de vin, Alain Rachet s'était jeté à l'eau.

– J'ai un petit problème dont j'aurais aimé vous parler. Je cherche une chambre à louer ici, en ville. L'hôtel où je réside devient trop onéreux pour moi. Je comptais avoir terminé mon roman plus tôt... A vrai dire, je pensais quitter Uzès après les fêtes pour reprendre mon travail de lecteur chez l'éditeur qui m'emploie... Et puis, on s'installe... et les finances fondent. Enfin, vous comprenez...

Clô avait regagné la salle à manger au moment où il disait : « On s'installe. » Elle avait regardé son mari qui, lui, regardait son assiette vide, l'air perplexe, gêné par ce soudain aveu de pauvreté.

Clô, elle, avait foncé. Dans le fond, elle n'attendait qu'un feu vert pour s'attacher complètement la présence de ce garçon qui cristallisait désormais tous ses rêves de vieille femme.

Avant qu'il ne poursuive sa phrase suspendue, avant que René n'ait eu le temps d'ouvrir la bouche, elle avait dit :

– Pourquoi ne pas venir vous installer chez nous ? Le débarras est une belle pièce que nous n'occupons pas. Il suffirait de le... eh bien, de le débarrasser, en somme, un coup de peinture et le tour est joué. Il faudra installer une petite douche dans le cabinet de toilette. Cette douche était un vieux projet que nous avons laissé traîner… Côté clef, vous êtes déjà paré. Laissez-moi une semaine. Cinq jours, si tout va comme je l'espère. Non, ne refusez pas ! Et ne me demandez pas le prix de la location. Vous me décevriez beaucoup. Non, en réalité, je ne serais pas déçue, mais peinée. N'est-ce pas, mon cher René ?

Printemps

2

20

On était passé sans transition d'un hiver mouillé à un printemps incertain. Des routes avaient été coupées, des caves inondées. Le journal local avait même signalé que des écoles avaient fermé leurs portes, les transports scolaires ayant dû être interrompus pendant quelques jours. Les René n'avaient pas quitté Uzès pendant ces longs mois de pluie. Pour la première fois de leur vie, ils n'en avaient même pas éprouvé le besoin. A leurs amis qui s'étonnaient de les voir devenus si raisonnables, si sédentaires, ils répondaient d'une même voix :

– Le nomadisme, fût-il de luxe, n'est plus tout à fait de notre âge.

Mais, en disant cela, leurs regards étincelaient. A dire vrai, ils se sentaient sans âge. Ils étaient heureux.

Ils partageaient, plus qu'ils ne l'avaient fait depuis leur arrivée à Uzès, le vaste espace de leur appartement. Le bonheur avait resserré leur couple. Le bonheur avait un nom, un prénom, un visage mince, un regard profond et cette pointe de sauvagerie policée, de grâce farouche qu'on appelle beauté ou pureté chez l'enfant et chez l'animal. Les René ne se sentaient jamais aussi bien que lorsqu'ils se retrouvaient avec Alain Rachet dans la banalité des jours qui, depuis l'arrivée de leur pensionnaire, ressemblaient plus à de la brioche qu'à du banal pain quotidien. En réalité, Alain était le sel de leur troisième âge. Ils ressentaient ainsi sa présence à leurs côtés. Et ils remerciaient le ciel, tous les dimanches à la messe de dix heures où ils se rendaient seuls, de leur avoir accordé une aussi tardive et savoureuse tranche de vie.

Rien n'avait été plus facile à ce vieux couple de solitaires que d'intégrer dans leur existence et leur appartement cet étranger dont ils ne savaient presque rien. Lorsqu'elle y pense, Clô est elle-même étonnée par la rapidité et le naturel de cette adoption d'un homme – pas du tout d'un enfant – dont elle et René ignoraient à peu près tout. Mais que savait-elle de lui quand elle avait décidé d'épouser René ? Et que savait René d'elle ? La bourgeoisie dont ils étaient l'un et l'autre issus avait sûrement marqué plus qu'ils ne l'imaginaient le comportement de la jeune et autoritaire Clô aux allures sportives et celui de ce savant en herbe qui préférait la compagnie des oiseaux à celle des hommes. Ils s'étaient d'abord reconnus comme venant d'un même monde. Le futur qu'ils bâtiraient ensemble leur appartiendrait plus que leur passé. Ils inventeraient leurs propres valeurs. Mais les valeurs que l'on invente souffrent des mêmes contingences que les événements que l'on imagine. Le terreau sur lequel on fait pousser morale ou imagination n'est jamais vierge de vécu antérieur. On n'est pas plus un ancien bourgeois qu'un ancien alcoolique. Mais on est libre de ne pas se laisser rattraper par son histoire. Libre… Drôle de notion que celle de liberté.

Pour René et Clô, Rachet est l'image même de l'homme libre. Il n'a pas d'attaches, pas de famille, pas d'amis. Il va où il veut quand il veut. Et s'il partage pour un temps leur présent, cela ne l'engage en rien à leur égard. Certes, il n'a plus d'argent. Mais cela aussi est temporaire. Lorsqu'il aura fini son roman… Ni René ni Clô n'aiment envisager la fin de ce récit qu'écrit leur protégé. La fin du roman sonnera la fin de leur pacte de cohabitation. Quand, de plus en plus rarement, elle est prise d'une crise de conscience aiguë, Clô va jusqu'à se dire que la fin du roman donnera le signal de leur mort à tous deux. En partie car il lui est désormais impossible d'imaginer la vie sans Alain. En partie parce qu'elle sait qu'au-delà d'une certaine limite d'âge qu'elle frôle déjà, son ticket de Terrienne ne sera plus valable. *Idem* pour René. Jamais elle n'a envisagé de lui survivre. Pas plus qu'il n'a imaginé finir ses jours sans elle. Il serait faux de penser qu'ils sont victimes du complexe de Philémon et Baucis. Il leur est simplement impensable de vivre à demi. Il y a si longtemps qu'ils ne forment plus qu'un.

Alain à qui ils ont exprimé cet espoir de disparaître ensemble, « le plus tard possible », avaient-ils ajouté devant le regard troublé de leur interlocuteur, Alain, sans doute pour détendre l'atmosphère, leur avait raconté l'histoire d'un autre vieux couple très uni dont le mari, nonagénaire, disait tristement : « Lorsque l'un de nous deux sera mort, je ne sais pas ce que je vais devenir. » Ils avaient ri comme des collégiens.

Qu'importait en somme qu'ils n'eussent jamais rien appris de vraiment solide sur le passé de Rachet ? Le jeune homme n'aimait pas parler de lui, pas plus que n'aimait le faire René. Clô, en revanche, se plaisait à évoquer la gloire, hélas flétrie, de sa famille, l'autorité de son père, la dureté de son éducation de jeune fille dans une famille de garçons dont elle était de très loin la cadette. Elle pouvait décrire des heures durant le parc de ce qu'elle nommait « le château » et qui, selon René, n'était qu'une sorte de gentilhommière, où elle avait passé son enfance. Dans ces moments-là, elle devenait lyrique et le rose lui montait aux joues. Sa voix intensifiait les aigus et un pli d'autorité encadrait sa bouche étroite. Elle avait cet air de pimbêche qui ravissait son époux. Air qu'elle avait hérité de sa grand-mère, laquelle avait terrorisé des générations de domestiques qui s'adressaient à elle les yeux au sol et la tête basse.

Sans doute Alain Rachet sentait-il que cette femme aujourd'hui si accueillante et si tendrement généreuse aurait pu, en d'autres temps, le jeter à la rue comme, ce qu'il était dans le fond, un pauvre, un mendiant, un exilé, un métèque. Il lui était arrivé de rêver, une nuit, qu'il se présentait à la grille du fameux « château » dont elle leur avait encore rebattu les oreilles à l'heure du thé. Des domestiques entrouvraient un portillon. Ils lui disaient que Madame n'accordait qu'une simple soupe aux mendiants. Il fallait qu'il passe par-derrière pour rejoindre directement l'office.

Lui, il la voyait au loin, assise dans un grand fauteuil d'osier. Il l'appelait, lui criait son nom : c'est moi, c'est moi. Mais chaque fois qu'il essayait d'articuler son nom : Alain Rachet, il en sortait un autre de sa bouche : le sien qu'il fallait taire. Lassée de tout le raffut que faisait cet inconnu à sa porte, Mme Clô, sans quitter son fauteuil, ordonnait qu'on lâche les oiseaux contre l'intrus. Une volée de corbeaux et de mouettes s'abattait soudain sur lui. Et lorsque, à grands cris et en gesticulant, il parvenait enfin à les éloigner, alors qu'il avait déjà tourné le dos à la grille et qu'il courait vers la route, un petit oiseau bleu ardoise, tombé du ciel, s'accrochait à la longue mèche brune qui lui tombait sur le front, et de ce perchoir il se penchait et lui picorait les yeux. Alain hurlait de douleur et d'effroi.

Son cri l'avait réveillé. Il s'était réfugié dans la cuisine. Avait passé la tête sous le robinet. Il était en larmes et tremblait de terreur, de fièvre. Le lendemain, Clô était passée à la pharmacie lui acheter « de quoi éliminer ce sale rhume ». Et comme il avait eu l'air surpris devant ce geste prévenant, elle lui avait dit qu'elle l'avait entendu s'agiter cette nuit. Il avait crié, hurlé même, comme lorsqu'on a la fièvre, et, par les temps qui courent, la fièvre, c'est le rhume ou la grippe…

Il s'était bien gardé d'évoquer son rêve. Mais depuis cette nuit de février, il n'avait plus été tout à fait aussi tranquille. Il savait désormais qu'il devait se méfier de ses cauchemars. On n'est jamais assez prudent.

21

Depuis qu'ils avaient leur pensionnaire, c'est ainsi qu'ils définissaient la situation, les René avaient sensiblement changé leur mode de vie. Les transformations affectaient l'horaire des repas – on passait désormais à table à treize heures au lieu de midi trente et à vingt heures, voire vingt heures trente, au lieu de dix-neuf heures quinze – mais aussi leur contenu. Il semblait à Clô que leur alimentation légère et gourmande – peu de viande et beaucoup de desserts – ne convenait pas à un garçon dans la force de l'âge. Alain avait besoin de protéines ! Elle s'était donc mise à cuisiner des poulets, des poissons, et à acheter des côtes à griller. L'odeur de l'appartement en était toute changée. Elle prétextait même le mauvais temps, réel, pour ne pas sortir et profitait de la longueur de journées que n'écourtaient ni les bridges – elle ne bridgeait plus qu'une fois par semaine et encore ! – ni les promenades, pour se mettre en cuisine.

– A ce rythme-là, nous allons grossir, avait remarqué René en se servant copieusement, et pour la deuxième fois, de navarin d'agneau.

Alain avait souri. Il demeurait d'une élégante minceur en dépit du régime riche des René. Mais quelques minutes plus tard, en dégustant une tarte aux pommes à la manière des sœurs Tatin, il avait malgré tout suggéré qu'il serait bon, au nom de la santé, de l'hygiène et de la ligne, de reprendre les promenades. C'est bien ce qu'ils faisaient avant son arrivée, non ? C'est en tout cas ce qu'ils lui avaient raconté.

Les René avaient acquiescé. C'est effectivement ce qu'ils faisaient avant. Longtemps avant son arrivée, en réalité. L'hiver, ils ne se lançaient plus guère dans de grandes sorties. A bicyclette, ils risquaient de prendre froid, et ils n'avaient plus l'âge de faire des imprudences. L'été, c'est différent.

– Oui, mais d'ici l'été..., objectait timidement Alain.

Bien sûr, il y avait encore la possibilité de se promener dans Uzès, mais on en avait vite fait le tour. Non, il leur fallait de grandes marches toniques le long de ces sentiers de grandes randonnées qu'ils empruntaient, dès le retour des beaux jours, pour aller observer les oiseaux.

– Le printemps ne va pas tarder, demain nous serons déjà le 10 mars, avait conclu Clô.

Elle ignorait encore que mars serait bien pire que février. Il neigerait trois jours de suite entre le 19 et le 21. Alain insistait avec délicatesse, chaque fois que l'occasion lui en était donnée. Ils avaient besoin de prendre l'air. Ils s'étiolaient.

Et, comme ils s'étiolaient joyeusement, ravis que leur santé touchât à ce point leur gentil pensionnaire, ils finirent par lui demander s'il avait un permis de conduire. Il en avait un. Alors, on pourrait acheter une voiture, une petite, enfin, pour trois.

Une telle décision, on s'en doute, ne fut pas prise à la légère, sur un simple coup de tête. Les René n'avaient jamais possédé d'automobile, n'ayant ni l'un ni l'autre jamais passé leur permis. Du plus loin qu'elle se souvienne, Clô pensait qu'un jour il lui serait donné d'avoir un chauffeur. Elle l'avait imaginé stylé et casquetté, en tout point semblable aux chauffeurs qui conduisaient parfois des amis de ses parents quand ceux-ci, chose rare, organisaient une fête au château. Certes, les voitures avaient désormais bien changé, mais l'image d'un homme élégant, un rien obséquieux, qui porte vos bagages, vous ouvre la portière, vous salue avec déférence, et, comble du raffinement, vous conduit où bon vous semble sans que vous ayez à consulter d'horaire ni d'itinéraire, la fascinait au-delà du raisonnable.

René, lui, ignorait ce genre de fantasme. Il avait jadis beaucoup utilisé de taxis. Il goûtait surtout le plaisir d'être conduit par un inconnu avec lequel ne le liait que le prix de la course.

Bien souvent, du temps de leurs voyages nombreux, il leur eût été commode de se déplacer avec leur propre véhicule en toute autonomie. Pourtant, l'idée ne leur était jamais venue de se forcer un peu et d'apprendre à manier une voiture. Clô déclarait ne rien comprendre à la mécanique. René, lui, objectait à qui voulait le pousser à conduire qu'il était aussi distrait que n'importe quel savant. Le savant Cosinus, par exemple. Les gens s'amusaient de l'argument et la conversation s'arrêtait là.

Comment en étaient-ils venus à envisager l'achat d'une automobile ? Sans doute en mêlant leurs rêves et leurs faiblesses. Lui, sa peur du volant, elle, son désir de chauffeur. Il serait injuste à leur égard de réduire leur décision à ces seuls arguments. La perspective de partir en virée, dans l'intimité d'un habitacle douillet, avec la personne qui leur tenait le plus à cœur, l'aurait emporté sur toute autre raison. L'acquisition d'une voiture leur était soudain apparue comme le meilleur moyen de conjuguer leur passion de la nature, leur tendance à la bougeotte et leur plaisir d'être en compagnie d'Alain. Encore fallait-il qu'il acceptât…

Avait-il été surpris de la proposition inattendue des René ? Et d'abord, était-elle vraiment inattendue ?

Plus tard, lorsqu'il serait mis au pilori, on dirait d'Alain qu'il avait exploité ces braves gens, il leur aurait même extorqué une voiture. A leur âge, leur faire acheter une Mégane !

En un sens, il n'était pas faux qu'à force de les pousser à sortir de la ville il les avait conduits à réfléchir sur les manières possibles de suivre son conseil, sans nul doute judicieux. De cette réflexion était née l'idée d'acheter une voiture. Pourquoi une Mégane ? Simplement pour bénéficier d'une promotion que Clô avait repérée dans le journal local. Clô était aux anges lorsqu'elle avait l'impression d'avoir fait une bonne affaire.

La Mégane était bleu métallisé. Bleu orage, avait précisé le vendeur qui accablait René de compliments sur son choix et de remarques techniques sur les performances du véhicule. Alain, qui l'accompagnait, s'était interposé. Ce serait lui qui la conduirait. Monsieur ne s'intéressait pas aux automobiles.

Contre l'avis de ses amis notaires, un peu soufflés de les voir, à leur âge, faire un tel achat, et qui leur conseillait une assurance privée, « un peu chère, certes, mais si sûre », Clô avait proposé qu'on assurât la Mégane à la MAIF, la mutuelle d'assurance des professeurs et des instituteurs dont ils étaient déjà membres. Ainsi fut fait. Modernité oblige, tout se passerait par téléphone. Il faudrait juste donner son numéro d'adhérent et le nom du conducteur puisque l'adhérent ne conduirait pas lui-même son véhicule.

Quel sentiment avait éprouvé le jeune homme en entendant son pseudonyme d'Alain Rachet, dicté par Clô à une dame assureuse qui, à Niort, l'inscrivait, sans poser la moindre question, sur un registre ? Il avait donné à Clô le numéro de son permis de conduire, l'année du passage de l'examen et le lieu où il l'avait obtenu.

Avant que n'éclate le scandale, personne ne s'était douté

que tous ces renseignements provenaient d'un autre permis que le sien, obtenu, lui, en un lieu dont il taisait le nom.

Lorsque arriverait par la poste la feuille verte d'assurance portant son nouveau nom à côté de celui de ses bienfaiteurs, il se sentirait soudain légitimé. Il existait désormais officiellement sous cette identité à peine inventée. Il avait glissé dans son portefeuille avec une sorte de gourmandise les papiers de la MAIF. Avec ça, il n'était plus tout à fait un clandestin. En revanche, quand, au sortir du bureau où il venait de signer l'acte d'achat, René lui tendrait la clef de la Mégane et le carnet de bord de la voiture, il n'éprouverait rien d'autre qu'une joie modérée. Sans doute parce que pour Alain il était plus important d'être que d'avoir

22

Ce matin-là d'avril, le vent était mordant et la lumière belle. Devant sa fenêtre ouverte – il faut absolument aérer, ça sent le confiné – Clô s'émerveillait de la couleur du ciel d'un bleu délicat, comme lavé par les pluies et la neige. Un bon pull, un K-way, des chaussures de marche et l'on partirait retrouver la nature. L'idée séduisait René. Il ne restait plus qu'à demander à Alain de les conduire. Il avait déjà sorti la voiture à plusieurs reprises. Il l'avait testée en compagnie de René entre Uzès et Avignon. Excellente tenue de route, avait dit le conducteur. Très confortable, avait soupiré d'aise le passager. Par deux fois, déjà, Alain Rachet avait conduit Clô au supermarché le plus proche. Elle avait adoré faire ses courses dans l'anonymat de ce grand magasin où tout lui semblait tellement moins cher qu'en ville. Il avait tenu le volant, conduit le caddie, ouvert la portière, vidé la voiture. Tout à sa joie nouvelle, Clô n'avait éprouvé aucune gêne à le voir assurer son service. Le jeune homme non plus ne s'était pas senti mal à l'aise d'être ainsi traité. Il savait qu'elle était comme une petite fille découvrant le plaisir des manèges à la fête foraine. Et ce plaisir de la vieille dame l'attendrissait. Il n'avait jamais pensé qu'en rendant service aux René il se contentait de régler une part de la dette qu'il contractait à l'égard de ceux qui subvenaient à ses besoins matériels.

Il savait qu'il leur devait beaucoup. Il leur avait menti pour en arriver là. Mais qu'était la vérité de son histoire comparée à la joie partagée avec ce vieux couple ? Dans le fond, il ne leur demandait pas grand-chose. Il est vrai qu'il n'avait pas, non plus, grand-chose à leur demander. Les René devançaient la plupart de ses désirs. Parfois, c'était le cas pour l'achat de la voiture, il les mettait, en douceur, sur la piste de ce qu'il convoitait. Ils comprenaient très vite. Étaient-ils conscients d'avoir été téléguidés dans leur décision ? A cette question, Alain préférait ne pas répondre. S'ils n'avaient pas eu envie d'acquérir un véhicule, ils auraient fait mine de ne pas comprendre, se disait-il en toute bonne foi. De même pour l'ordinateur portable.

Quelle histoire, cet ordinateur ! Il leur avait dit, lors de leur retour de Salamanque, qu'il avait utilisé la machine à écrire en leur absence parce que son propre appareil avait rendu sa vieille âme. Cette confession ne servait alors qu'à couvrir quelques indiscrétions commises par le jeune Rachet dans le bureau de René. Il avait eu envie d'en connaître davantage sur ces vieux bourgeois qui lui faisaient confiance au point de lui laisser la surveillance de leur appartement. Envie aussi de savoir si la perspective d'être accueilli et entretenu par eux était ou non envisageable. Bref, il avait fouillé les tiroirs du bureau, cherché dans les relevés bancaires, et pour cela ouvert bien des dossiers avant d'arriver à ses fins. Ensuite, il avait fallu tout remettre en place. Les dossiers intéressants étant coincés sous la machine à écrire, l'idée lui était venue de raconter ce mensonge.

Les René n'y avaient vu que du feu. Mais la pensée que leur protégé se retrouvât sans son outil de travail les attristait.

Leur vieille Olivetti électrique était un monument de lenteur. Ils la lui avaient malgré tout installée sur le meuble de bureau de sa chambre fraîchement aménagée. Ils s'étaient excusés de ne pouvoir faire mieux pour lui. Ils avaient dit :

– Nous espérons qu'elle vous dépannera, en attendant.

Alain avait souri, remercié, s'était inquiété de la voir quitter le bureau de René qui ne pouvait plus poursuivre ce travail sur le merle bleu interrompu depuis déjà trop longtemps... Il n'avait pas prêté la moindre attention au petit « en attendant » prononcé à mi-voix, ni au regard malicieux dont Clô avait ponctué la phrase.

Et lorsque deux semaines plus tard était arrivé, livré par camion, un ordinateur portable accompagné d'une imprimante laser, il avait mis un certain temps avant de comprendre que ce somptueux matériel n'était pas destiné à remplacer la vieille Olivetti sur le bureau de René, mais à prendre place sur le sien. L'Olivetti, elle, retournerait chez René.

– A notre âge, avait insisté ce dernier, les nouveautés sont bien trop difficiles à intégrer. Il vous servira plus qu'à nous. Et puis, en cas d'urgence, on fera appel à vos services de dactylo.

Cette dernière remarque avait été dite dans un grand éclat de rire.

Rachet, que ce cadeau touchait plus qu'il ne l'aurait imaginé, s'était senti gêné, ému, vulnérable. S'il avait suivi le penchant de son cœur, il aurait fondu en larmes et dit toute la vérité. Par un soudain réflexe de prudence – prudence égale survie, s'était-il longtemps répété, se répétait-il encore – il s'était contenté de proposer ses services de frappe et, pour commencer, il recopierait, dès le lendemain, le début du fameux article. Ils pourraient ainsi le relire en clair avant de poursuivre sa rédaction.

Le jouet l'amusait. Dommage qu'il ne fût pas réellement écrivain. Ce devait être formidable d'écrire de belles histoires sur ce matériel-là.

Dans son pays, avant qu'il ne parte, il avait eu accès à des machines moins sophistiquées mais d'un maniement semblable. Il avait appris à les maîtriser. La secrétaire de son oncle en utilisait une pour taper le courrier. Et, après les heures de fermeture, il lui était arrivé de taper à son tour, d'abord avec maladresse, ensuite de manière plus fluide, des lettres d'amour à Lila qui avait traversé sa vie comme un météore…

Une voix intérieure insinuante comme une sirène d'urgence avait interrompu sa rêverie : chasser le souvenir de Lila disparue, celui de sa ville interdite ! Redescendre sur terre à Uzès. Ouvrir un dossier « Roman » sur l'ordinateur. Et aussi un dossier « Merle bleu ».

C'est ce jour-là, devant son écran, que lui était venue l'idée d'écrire son journal. Mais il ne savait pas écrire. Et puis, c'était dangereux de laisser traîner derrière soi des traces d'une vérité en aucun cas avouable. Pourtant, il était sûr que les René n'iraient pas fouiller dans ses affaires… Il avait cependant préféré attendre et remettre ce projet.

Et, ce matin d'avril, lorsque Clô était venue frapper à sa porte en lui annonçant que c'était le printemps, il s'était senti heureux à l'idée de s'emmitoufler et de prendre le volant pour rejoindre les gorges de la Cèze où les René espéraient retrouver un couple de merles bleus qui nichaient là, d'après les pisteurs, depuis environ trois ans.

Peu de véhicules sur la route. Juste quelques tracteurs qu'il avait doublés avec habileté et prudence. La nature n'était pas encore complètement sortie de l'hiver. Au loin, dans le soleil léger de ce printemps tardif, les rochers d'un gris délavé, sculptés par la Cèze, ressemblaient à des cathédrales, à des forteresses, à des orgues, à de gigantesques statues. La voix de Clô racontant le creusement de ces sols calcaires, le bourdonnement léger du moteur et la chaleur douce et sèche de l'habitacle remplissaient Alain d'une irrésistible euphorie. Si on lui avait demandé alors ce qu'était pour lui le bonheur, sans doute aurait-il répondu que c'était cela : conduire une voiture silencieuse dans un paysage torturé et paisible à la fois. Écouter la voix amie d'une vieille dame enthousiaste et savante, accompagner en silence un ornithologue rêveur dans sa recherche d'un merle bleu, puis s'arrêter dans un bistrot et manger avec appétit sur une toile cirée à carreaux poisseuse des fromages de chèvre et une tarte aux châtaignes arrosés de vin en pichet.

23

Depuis qu'Alain s'était installé chez eux, les René, déjà peu enclins à se manifester auprès des rares membres de leur famille, avaient complètement cessé de leur donner signe de vie. Ils avaient reçu pour Noël et le jour de l'an diverses cartes de vœux en provenance de stations de sports d'hiver, mais aussi postées de lieux plus exotiques allant des Caraïbes à l'île de la Réunion, de la Sicile à la Tunisie. La plupart avaient été rédigées par les nièces en ligne directe ou par les épouses et compagnes des neveux de sang. Clô avait ricané comme chaque année en constatant que c'était toujours sur les femmes que retombait ce genre de corvées. Aussi avait-elle décidé qu'elle ne se laisserait pas avoir à son tour. Elle ne répondrait à personne. René, lui, regardait à peine ces paysages figés et stéréotypés qui leur arrivaient par la poste. Il ne lisait pas les textes, d'une banalité affligeante. Il se contentait de déchiffrer les signatures. Il tenait en quelque sorte des comptes de cette courtoisie factice qu'il ne confondait jamais avec de l'affection. Clô à qui rien n'échappait riait sous cape en voyant son époux décrypter les noms et les prénoms qui paraphaient les brèves missives. Elle lui avait dit un jour :

– Il y aura toujours de l'enseignant en vous, très cher. A

défaut de pouvoir faire l'appel, vous tenez à jour la liste des présents.

Mais dès qu'il avait enregistré l'identité des messagers, il les oubliait. A aucun moment il n'aurait songé à répondre à leurs vœux ni à leurs « meilleurs souvenirs ». La littérature indigente et conventionnelle des cartes postales ne méritait à ses yeux aucun écho.

Avec janvier était arrivé Alain, et les René avaient oublié le reste du monde.

Le silence épistolaire de leur tante Clô avait étonné les neveux. Les vieux boudaient, s'étaient-ils dit et répété lors de leurs échanges téléphoniques. Ils n'étaient pas inquiets. Oncle René et tante Clô étaient du genre à partir à l'autre bout du monde pour suivre à la trace la queue d'un oiseau rare.

Janvier était passé, puis février sans qu'aucun d'eux n'ait la moindre nouvelle. Sans doute auraient-ils pu les appeler, s'informer sur leur santé. A leur âge, ils pouvaient aussi être malades. Mais ils ne l'avaient pas fait. Parce que chacun pensait que l'autre pourrait bien le faire. Parce que, lorsqu'ils en avaient eu l'idée, il était soit trop tard – après vingt heures – soit trop tôt – avant onze heures. Et quand enfin l'un d'entre eux, en réalité l'une d'entre eux, l'épouse du neveu Guillaume, s'était enfin décidée à rompre le silence un mercredi après-midi de la fin mars, la sonnerie avait retenti longuement dans le vide. Il n'y avait personne et pas de répondeur. Ils étaient sûrement en vadrouille à l'étranger.

La même épouse, Élise de son prénom, avait réitéré son appel quelque trois semaines plus tard. Même silence au bout d'une ligne que personne ne décrochait. Dans les deux cas, les René étaient sortis, comme ils le faisaient de plus en plus souvent depuis qu'Alain était leur pensionnaire et chauffeur.

Élise avait fini par donner l'alarme. Il était curieux que les René s'absentent si longtemps. Peut-être étaient-ils souffrants. Guillaume avait fini par prendre l'appareil à son tour. Toujours rien. Il avait appelé son frère Jérôme, puis sa sœur. Lesquels avaient pris le relais, appelant les « vieux » à des heures où, normalement, on pouvait les trouver. Aucun d'eux ne s'était risqué à les joindre en dehors des horaires imposés par les René qui avaient le téléphone en horreur et accueillaient fort mal les gêneurs qui osaient passer outre la consigne horaire... La voix sèche de tante Clô en train de les rabrouer refroidissait quelque peu leurs élans. Mais une fois la semonce passée, ils seraient enfin rassurés ou du moins informés.

L'hypothèse de la maladie semblait gagner les rangs. Un accident eût été impossible sans qu'ils fussent prévenus. Mais pour disparaître ainsi, la maladie devait être assez grave. Ils étaient trop indifférents pour s'en angoisser, trop bien élevés pour s'en réjouir. Du moins ouvertement.

Ils ne connaissaient rien de la vie de leurs oncle et tante. C'est à peine si deux d'entre eux avaient un jour franchi le seuil de l'appartement de la place aux Herbes. La plupart ne savaient même pas où situer précisément Uzès sur une carte. Le Sud est si vaste et si lointain vu de Paris ou de Bruxelles.

Dans une semaine, ce serait Pâques. Les René avaient proposé à Alain un petit voyage à Saint-Paul-de-Vence. Clô avait lu dans la presse que la fondation Maeght exposait l'œuvre gravé de Georges Braque. Aimait-il Braque ? Il avait failli faire une gaffe, parler de sa ville, dire qu'il avait vu à la bibliothèque un livre consacré à ce peintre qui lui aussi aimait les oiseaux. Il s'était repris, avait rougi légèrement et dit avec moins de conviction qu'il ne l'aurait souhaité : « Oui, beaucoup. »

Toute à la joie de ce voyage – on resterait trois jours :

samedi, dimanche et lundi, on reprendrait la route le mardi matin –, Clô n'avait pas remarqué le malaise d'Alain. Elle s'était *illico* lancée à la recherche d'un hôtel convenable dans les environs.

– Ceux de Saint-Paul doivent être bourrés ou trop onéreux. Mais avec notre voiture…

Il y avait une fierté d'enfant dans sa dernière phrase. Une sorte de joie et d'orgueil mêlés. Un petit côté pimbêche aussi.

Il s'était avéré assez difficile de trouver un lieu où passer trois nuits convenablement. Mais, l'obstination aidant, elle y était parvenue.

Le vendredi, veille du départ, Clô était sortie vers dix-sept heures. Elle avait pris rendez-vous chez le coiffeur pour son « rafraîchissement » de printemps. René avait quitté l'appartement en même temps qu'elle. Il devait passer à la pharmacie. Ils avaient laissé Alain en train de travailler à son bureau. Ils étaient sortis sans faire de bruit pour ne pas le déranger. Ils s'étaient regardés avec cette tendresse complice des parents observant ou écoutant leur enfant à la dérobée. Juste une flexion du cou, l'oreille effleurant la porte, et, derrière le bois, le cliquetis léger des doigts sur le clavier silencieux du portable…

Tout était à sa place en ce vendredi de printemps. Parfaitement à sa place.

Les René apaisés, heureux, voire comblés, ne se doutaient pas qu'un simple appel allait fissurer leur bonheur.

Il était dix-sept heures trente environ quand la sonnerie du téléphone déchira pour la première fois le silence de l'appartement. Dans son bureau, Alain avait sursauté. Mais il ne s'était pas dérangé pour décrocher. Il gardait des derniers mois dans son pays une peur panique des appels anonymes qui tous annonçaient un meurtre ou une disparition. Personne n'appelait jamais ici en l'absence des René. En tout cas, il y avait peu d'appels. La sonnerie s'éternisait. Six coups, sept coups, huit coups... Au dixième, on avait raccroché. Pas pour longtemps. Cinq minutes plus tard, elle tintait à nouveau, rageuse, violente. Alain n'entendait plus qu'elle. Elle remplissait le vide de cet appartement paisible, elle traversait les murs et les cloisons. Elle était une agression. Il avait envie de hurler, de cogner à coups de poing, de disparaître.

Au quinzième coup de la seconde série d'appels, n'y tenant plus, trempé de sueur, haletant, il avait décroché. En silence, sans dire le moindre mot. Au bout du fil, une voix d'homme s'exaspérait :

– Mais enfin, que se passe-t-il ? Vous êtes sourds, ma parole ! Ça fait des mois qu'on essaie de vous joindre en vain. Enfin, ça me rassure de vous entendre...

Alain n'avait toujours rien dit. Ni allô ni bonjour. L'autre pérorait. Mais qui était l'autre ? D'instinct, il sut que c'était la poisse. Il n'aurait pas dû céder à la violence de la sonnerie. Il n'aurait pas dû décrocher. Mais il l'avait fait. Et maintenant ? Qu'allait-il devoir dire, inventer ?

L'autre poursuivait son monologue.

– Nous étions vraiment inquiets, tante Clô. Pas la moindre nouvelle de vous. Quelle angoisse ! Vous comprenez, à votre âge. Enfin, voilà qui est réparé. Nous vous préparons une surprise. Élise et moi sommes à Nîmes. Nous arriverons à Uzès demain matin. Passer Pâques en famille nous fera à tous du bien... N'est-ce pas, tante Clô ? Mais je parle, je parle, dites-moi donc quelque chose !

Est-ce la peur qui a dicté la réponse d'Alain ? Non, c'est l'impudence, diront plus tard les neveux réunis.

– Monsieur et madame ne sont pas à Uzès, monsieur. Ils sont partis pour une semaine. Je leur transmettrai votre message dès qu'ils rentreront. En tout état de cause, il est inutile de faire le voyage jusqu'ici. Qui devrais-je leur annoncer à leur retour ?

D'une voix blanche, l'interlocuteur avait dit :

– Guillaume, bien sûr !

Puis, se reprenant :

– Leur neveu Guillaume et Élise. Nous sommes très tristes, vraiment très tristes. Enfin… Mais, puis-je me permettre de vous demander qui vous êtes ?

Alain s'était contenté de raccrocher.

24

Lorsqu'ils avaient regagné leur domicile, Clô et son époux avaient constaté, non sans étonnement, que leur pensionnaire était encore dans sa chambre-bureau. Ils n'avaient pas osé le déranger. Même si dans la fièvre du départ prochain, Clô aurait bien aimé discuter avec lui de l'itinéraire et des bagages. Cette grande voyageuse était toujours nerveuse à l'heure des préparatifs de départ. Mais il avait travaillé, tard, jusqu'à l'heure d'un dîner dont il avait, par mégarde sans doute, retardé l'horaire établi. Il était sorti de son antre, le regard noyé de fatigue. Il avait félicité Clô de sa coiffure qui la rajeunissait, puis, regardant soudain sa montre, il s'était excusé de son retard.

En mangeant, il s'était montré volubile, légèrement excité. Il avait parlé, chose rare, de son manuscrit, mais de façon formelle, sans en dévoiler le contenu. Puis il avait conclu :

– Je crois que je suis arrivé dans une impasse, ces quelques jours de vacances et de voyage vont me faire du bien. Il est essentiel que je prenne un peu de recul. Vous comprenez, n'est-ce pas ?

Ils comprenaient d'autant plus qu'ils le voyaient nerveux et las. Et surtout, ils étaient si heureux de cette échappée en sa compagnie…

Dès la fin du repas, sans s'attarder devant leur infusion de camomille, ils avaient pris congé les uns des autres. Demain, ils se lèveraient de bonne heure, et Clô avait encore quelques affaires à mettre en ordre avant le week-end. Alain, qui avait regagné sa chambre, l'avait entendue pousser des tiroirs, ouvrir des armoires, ranger longtemps après l'heure ordinaire du couvre-feu familial.

Il n'avait pas décidé de taire l'appel des neveux, et sans doute en aurait-il parlé si l'occasion s'était présentée. C'est du moins ce qu'il se racontait pour apaiser l'angoisse qui l'étreignait depuis qu'il avait si imprudemment décroché le combiné. Mais il ne s'était pas senti le cœur de ternir l'éclat joyeux de ce vrai voyage qu'ils allaient faire ensemble pour la première fois. Il savait depuis longtemps déjà, en réalité depuis qu'il avait franchi le seuil de cet appartement, que les René n'entretenaient avec leurs neveux que de très lointaines relations. Ils ne comptaient pas vraiment pour eux. S'ils avaient eu à leurs yeux la moindre importance, ils les auraient appelés, les auraient informés de sa présence. En réalité, les René étaient parfaitement seuls. Sans doute l'avaient-ils voulu ainsi. De leur côté, les neveux n'avaient pas dû mettre beaucoup d'affection ni de tendresse dans leurs rapports. L'indifférence était réciproque. Voilà tout.

Et dans le fond, c'était une chance qu'il ait pu leur répondre pour stopper net leur arrivée. Que se serait-il passé s'il n'avait pas décroché ? Sans doute auraient-ils fait les vingt-cinq kilomètres qui séparent Nîmes d'Uzès, et ils auraient débarqué, le samedi matin, sans crier gare, les contraignant ainsi à différer leur départ. Cette seule pensée le faisait frissonner. Clô aurait été furieuse. Il en était sûr. Elle n'est pas du genre à se laisser gâcher les vacances. René, lui, aurait pris cet air absent qu'il a avec presque tout le monde et qui lui garantit la solitude désirée.

Il leur parlerait de l'appel, plus tard, quand le danger serait écarté. Car c'est bien de cela qu'il s'agissait ici, de danger. Ces gens dont il avait ignoré jusqu'à l'existence représentaient un danger pour lui. Ils feraient tout pour l'éloigner de leurs oncle et tante dont ils attendaient sûrement d'hériter. Il eut une moue de dégoût. Hériter, héritage… Et lui, qu'attendait-il de plus ou d'autre qu'eux ? N'était-il pas là pour la même chose ? Il pensait : non, lui, c'était différent. Lui, il était dans la position du noyé qui s'accroche à une branche et qui s'appuie sur elle, jusqu'à ce qu'elle cède. En espérant qu'elle cède le plus tard possible. Lui, il le savait, n'avait rien à attendre de leur mort. En revanche, il attendait tout de leur vie. Il partageait leur vie. Il leur donnait avec plaisir un peu de la sienne. Il prenait beaucoup de la leur. Mais ils étaient heureux. Tous. Lui et les René. Non, ce n'était pas vraiment vrai. Il n'était pas parfaitement heureux ici. Il vivait des moments de bonheur, en sachant qu'ils seraient brefs. Il avait un présent, le plus souvent agréable, mais pas d'avenir. Qu'adviendrait-il de lui dans un an ou deux quand les René… Non, il ne voulait pas penser à leur mort. Ils étaient solides encore. Mais dans moins d'un mois on fêterait les quatre-vingts ans de Clô. Et son époux était, lui, plus âgé, et plus fatigué. Depuis quelques mois, son cœur s'emballe de temps à autre. Arythmie cardiaque, a diagnostiqué le médecin. A surveiller. Alain surveille. Il évite de placer la salière près de lui. Il lui verse du vin avec modération. A peine des demi-verres. Place les médicaments à sa portée. Clô n'a pas l'air de s'inquiéter. Clô fait des projets. Et pour elle, c'est la garantie qu'il y aura un futur. Elle aime citer Melville et cet épisode de *Moby Dick* qu'elle a lu – en anglais, s'il vous plaît – où le harponneur malade et mourant reprend vie et espoir quand le capitaine lui confie une mission. Il ne peut plus mourir puisqu'il a désormais quelque chose à faire. Clô, elle, s'invente toujours mille choses à faire. Et René suit. En traînant parfois les pieds, mais il suit.

Alain a du mal à trouver le sommeil. Lorsqu'il bascule dans une demi-inconscience, il fait toujours le même rêve : le téléphone sonne, il court le décrocher pour que personne ne l'entende, et il rate une marche et tombe dans l'escalier. La chute le tire de sa somnolence. Il a beau se dire qu'entre lui et le poste téléphonique du salon il n'y a pas la moindre marche, il recommence le même rêve et éprouve au réveil la même angoisse.

Il fait jour derrière les volets de bois. La lumière s'insinue entre les planches disjointes. Dehors, on entend le vacarme du camion-poubelle. Il regarde sa montre. Six heures quarante-cinq. Il ne se rendormira plus.

Il se lève, se passe la tête sous le lavabo. Il a une mine de chien dans le miroir. Lorsqu'il arrive dans la cuisine, il est cueilli par l'odeur du pain qui grille et celle du thé à la bergamote que boit Clô. Elle est vêtue, coiffée, légèrement poudrée. Prête pour le départ. Dès qu'elle le voit, elle appuie sur le bouton de la cafetière électrique qui aussitôt se met à chuinter puis à glouglouter.

Clô s'inquiète : a-t-il préparé son bagage ? Il la rassure. Il en a pour cinq minutes. Le café est prêt. Elle lui en verse un plein bol, rit des quantités qu'il avale chaque matin. De quoi devenir une pile électrique. Puis, sur le même ton badin, elle annonce que René et elle lui ont réservé une surprise. Et pose devant lui un paquet cadeau :

– A glisser dans votre sac !

Il contient une élégante trousse de toilette et un flacon d'eau de toilette, *Vétiver* de Guerlain.

Il remercie, bafouille. Pour la première fois depuis hier

après-midi, il se dit : je les trahis et ils m'honorent. Son émotion fait sourire d'aise Clô qui amorce un geste de tendresse – lui passer la main sur les cheveux –, qui reste la main suspendue au-dessus de sa tête, surprise, troublée par ce mouvement de son corps peu enclin aux contacts physiques et aux élans. Et c'est lui qui, maintenant, se lève et, sans l'avoir décidé, comme un enfant, la prend dans ses bras, simplement. Ce n'est ni une étreinte, ni un baiser, ni une accolade, ni une embrassade. Juste un effleurement. Les bras du jeune homme enveloppent les épaules et la taille de la vieille dame, sans la toucher. Un peu à la manière des danseurs dans les ballets classiques. Puis, avant que ses bras ne reprennent leur place, sans précipitation, le long de son corps, il esquisse une caresse légère, juste une pression du plat de la main sur l'omoplate. Elle ne bouge pas, fascinée. Puis il se rassied, sans la regarder. Et lorsque enfin il lève le nez de son bol dont il a déjà avalé la moitié du contenu, leurs yeux se croisent. Ceux de Clô brillent bizarrement. On pourrait penser qu'ils sont pleins de larmes.

25

Il pleuvait sur Saint-Paul-de-Vence. Une pluie diluvienne qui les avait chassés des jardins de la fondation Maeght où ils avaient commencé à flâner. Et c'est mouillés et grelottants qu'ils avaient pénétré dans la vaste salle où étaient exposées les lithographies de Braque sur lesquelles les René s'étaient jetés avec cette sorte de curiosité vorace qu'ils appelaient gourmandise. Au début, Alain s'était senti un peu exclu de leur grand-messe de la contemplation et du souvenir. Ils regardaient Braque et pensaient à Picasso. Ils évoquaient d'autres musées, d'autres expositions, Braque au musée de Dieppe, Picasso au Grand Palais à l'automne 1979. Ils n'étaient plus tout à fait sûrs de la date, cherchaient des repères.

– Souvenez-vous, c'est l'année où…

Alain n'écoutait plus. En 1979, il avait neuf ans. Il était le fils heureux d'une famille normale. Il aimait se baigner, jouer au foot avec les copains, faire du vélo. Surtout faire du vélo. Il entend encore les cris de sa mère qui de la fenêtre le regarde foncer en roue libre sur le chemin caillouteux qui dégringole jusqu'à la mer. Elle le trouve trop intrépide. Elle a peur pour son fils. Elle le supplie de freiner. Elle serait plus effrayée encore si elle savait que, lorsque la pente s'accentue, juste avant le virage, il ferme les yeux et se laisse envahir par la brise du soir qui sent le jasmin, le chèvrefeuille, la menthe, la poussière et la brise marine. Là, dans la lumière dorée, paupières closes et cheveux au vent, il se sent le roi du monde…

Vite, effacer ces images. Surtout ne pas se laisser déstabiliser par l'émotion. Eux ont droit au passé. Lui pas. Lui, il n'a qu'un présent. L'avenir, il ne veut même pas y penser.

Les René n'ont pas remarqué son trouble. Ils sont trop occupés à vérifier la fiabilité de leur mémoire. Lorsque Alain arrive à se reprendre, il les entend parler du cimetière de Varengeville où est enterré Braque, sur la côte normande. La dernière fois qu'ils y sont allés, c'était en 1988 ou 89… Ils se chamaillent à nouveau sur les dates. Clô, avec son opiniâtreté habituelle, René, avec une douce obstination. Ils ressemblent à ce qu'ils sont. Deux vieillards charmants, cultivés, qui ont tout partagé depuis des décennies. Qui ne se font donc pas de cadeaux. Et lui, Alain, que fait-il là près d'eux ? Au regard des autres visiteurs, peu nombreux en ce samedi de Pâques pluvieux, il doit apparaître comme le petit-fils respectueux – quelques pas en arrière – qui accompagne ses grands-parents.

Jusque-là, il n'a regardé les lithographies que d'un œil distrait. Des compositions brunes et grises avec journal, partition, instruments de musique, des fruits dans une coupe, déclinés sous divers angles et habillés de diverses couleurs. Il y a si longtemps qu'il n'est pas entré dans une galerie. Il ne sait plus regarder pour le seul plaisir de l'œil. Non, il ne veut pas imiter ses hôtes, retrouver dans sa mémoire les lieu et date de sa dernière visite d'exposition.

Il finit par tomber en arrêt devant un oiseau : « *Oiseau blanc dans les feuillages.* 1962. » Les feuillages sont noir et gris. Ils ressemblent à des ombres en forme de cœur ou de trèfle. Le fond est bleu. De ce bleu lumineux, intense, le bleu-noir du ciel de son pays. Il rectifie dans sa tête, du ciel de Méditerranée. C'est à peine s'il a vu l'oiseau. Un oiseau, c'est un oiseau. Ça a des ailes, un bec, une queue. Le corps de celui-ci ressemble à une lyre. Il est blanc vaguement grisé. Il a un cou arrogant, presque un cou de cygne. Il vole.

– Vous voilà pris à votre tour par notre passion commune. Nous vous avons contaminé en somme !

C'est la voix de Clô qui le tire de sa rêverie. Elle a l'air ravie. Elle est sortie de son temps de réminiscence. Elle savoure l'ici et le maintenant. Plus loin, René s'attarde devant un oiseau rouge et blanc. Clô passe son bras sous celui d'Alain. Ils avancent d'un pas glissé, avec cette légèreté de danseur qui n'appartient qu'au jeune homme. Il suggère à voix basse, pour ne pas rompre le charme de l'instant :

– Il ne nous reste plus qu'à trouver un merle bleu.

Elle sourit juste avec les yeux, rayonnante. Ils sont sur la même longueur d'onde. Il en profite pour lui rappeler que leur article sur *Monticola solitarius* – il a retenu le nom latin – est sérieusement en panne. Il attend la suite. Elle promet : ils vont s'y remettre dès leur retour à Uzès. C'est dit sans enthousiasme, juste pour lui faire plaisir. Il ne sait pas pourquoi, mais ce manque d'intérêt de Clô à l'égard de ce travail ornithologique le perturbe. Avant de les rencontrer, il n'avait jamais pensé aux oiseaux. Sa mère n'aimait pas les martinets qui se glissaient parfois, le soir, dans l'entrebâillement des fenêtres et tournaient, affolés, dans la pièce, se cognant aux murs, aux meubles, aux vitres, se prenant les ailes dans le voile léger des rideaux. Dans ces moments-là, elle criait, pas en français, sa langue de tous les jours, mais dans sa langue natale. Un cri viscéral. Les deux servantes de la maison, aussi effrayées que leur maîtresse, ne se précipitaient jamais à son secours. C'est lui qui courait la sauver. Il la retrouvait toujours accroupie sous la table, la tête enfouie dans les bras, tremblante et au bord des larmes. Il finissait par saisir l'importun, en général prisonnier du rideau. Le petit corps tiède de l'oiseau palpitait dans sa main. Il fallait alors ouvrir la fenêtre en grand et jeter le martinet dans le vide pour qu'il puisse s'envoler à nouveau. Posé au sol, il était incapable de prendre son envol, gêné par l'amplitude de ses ailes noires et lustrées. Plus tard, lorsque à l'école il avait dû apprendre *L'Albatros* de Baudelaire, il avait eu du mal à le réciter correctement. Longtemps il avait dit : « … Ses ailes de géant l'empêchent de voler. » Ce qui agaçait son professeur de français qui rectifiait, rageur : « De marcher ! », et qui lui intimait l'ordre de copier vingt, trente, voire cent fois le vers qu'il avait « massacré ».

Massacré… Le mot lui fait l'effet d'une décharge électrique. Il ferme les yeux, chasse les images de sang et de corps mutilés qui s'y accrochent. Il est pris de sueur. Sa tête tourne.

– Ça ne va pas ? s'inquiète Clô qui le regarde avec tendresse.

Il est livide. Des gouttes de transpiration lui coulent le long des tempes. Il fixe, sans le voir vraiment, un oiseau noir dans une fenêtre claire sur fond vert. « Illustration pour *Lettera amorosa* de René Char. 1963. » Il faut absolument qu'il garde les yeux ouverts, qu'il ne se laisse pas sombrer dans le malaise. Il s'accroche au vert apaisant de la lithographie, aux mots cités en italique : *Lettera amorosa*…

Clô lui secoue un peu l'épaule, elle répète :

– Alain, Alain, répondez-moi. Qu'est-ce qui vous arrive ? Ça ne va pas ?

Alerté par la voix de son épouse, René vient les rejoindre. Il prend Alain par la taille.

– Allons, mon garçon, qu'y a-t-il ?

Clô, qui n'a pas lâché le bras du jeune homme, resserre son

étreinte. Entre leurs deux corps, il se sent protégé. Ils sont si proches, si tendrement proches qu'il aimerait pouvoir renoncer à son rôle, s'effondrer sans complexe. Leur dire. Tout leur dire.

Est-ce le vacarme de la pluie qui fouette les vitres de la salle avec une violence de tempête, est-ce simplement la voix de la raison ? Alain se reprend. Dit que ce n'est rien. Juste un peu d'hypoglycémie. Il est coutumier de la chose. Dès qu'il aura mangé un morceau... Les René le soutiennent, le guident jusqu'à la sortie. A les voir ainsi blottis les uns contre les autres, n'importe qui penserait qu'ils forment une vraie famille.

Dehors ils retrouvent la pluie et la voiture garée non loin de l'entrée. Le jeune homme s'est complètement repris. Il conduit sans problème, avec aisance. Il dépose les René devant un restaurant où des clients déjeunent en terrasse sous une bâche dégoulinante que réchauffent des radiateurs électriques semblables à des parasols rougeoyants. Un couple emmitouflé mange d'énormes steaks saignants avec des gants en laine. Tout cela est surréaliste, absurde.

Lorsqu'il les rejoint à la table qu'ils ont réservée le matin même – une table en coin, isolée, pas loin d'une fenêtre comme l'avait exigé Clô –, son visage est lisse, reposé. Il ne présente pas la moindre trace de fatigue. Les jeunes récupèrent vite, pensent les René qui entourent leur hôte de mille attentions.

Après le dessert, dans l'ambiance feutrée du restaurant, alors qu'il termine son verre de saint-joseph en attendant le café, et que René allume sous le regard outré de voisins américains un panatella, Alain glisse, à brûle-pourpoint :

– J'ai omis de vous dire quelque chose. Hier, quelqu'un a téléphoné. Un certain Guillaume, je crois. Je l'entendais mal. Je lui ai répondu que vous seriez absents pour le week-end.

Dans l'euphorie douce de cette fin de repas arrosé, les René, que la nouvelle ne semblait pas émouvoir ni troubler, se sont contentés de dire :

– Ah ! Guillaume… Il rappellera. Ce n'est pas un problème.

26

Le reste du week-end avait été très doux. Même le temps capricieux, voire fantasque, n'était pas parvenu à ternir leur bonne humeur commune. Après une matinée ensoleillée passée sur de petites routes désertes et charmantes qui les ramenaient en douceur vers Avignon puis Uzès, ils avaient essuyé un orage de grêle au pied de Moustiers-Sainte-Marie. Ils avaient dû attendre longtemps dans le parking, en contrebas de la ville, avant de pouvoir rejoindre les rues escarpées et glissantes de la vieille cité et le restaurant où, se souvenait Clô, on servait la meilleure anchoïade qu'il soit. Ils ne regagneraient leur domicile que le lundi soir, et disposaient encore d'une grande journée de villégiature. Les nombreux touristes de Saint-Paul les avaient décidés à partir plus tôt que prévu. Ils avaient donc quitté leur hôtel dès le dimanche matin en direction de Moustiers où Clô avait trouvé sans problème deux chambres dans une auberge qui, selon le guide, offrait confort et silence.

Alain avait approuvé chaudement la décision des René. A Saint-Paul, il s'était senti traqué. Il y avait d'abord eu ce malaise, le matin à la fondation. Et, le soir, alors que ses hôtes avaient regagné leur chambre après un agréable dîner pris à l'hôtel – René s'était avoué un peu trop fatigué pour rejoindre un lieu gastronomique –, Alain était sorti boire un verre tout seul. Malgré la fraîcheur et l'humidité de la nuit, il y avait beaucoup de gens aux terrasses. Beaucoup d'étrangers venus du nord de l'Europe. Il avait fait un tour de reconnaissance, pour flairer l'ambiance. Il avait fini par s'installer dans un bar en apparence plus discret, fréquenté par des gens du cru. Il avait pris place au comptoir et commandé un café malgré l'heure tardive. Plus pour se donner une contenance que par intérêt pour les nouvelles du jour, il s'était mis à feuilleter d'un œil distrait un journal abandonné sur le tabouret voisin. Dans son dos, les habitués du lieu, une dizaine d'hommes, échangeaient plaisanteries et grivoiseries avec cet accent traînant que l'on dit de Marseille. Plongé dans la page des sports, il faisait mine de ne pas les entendre sans pour autant pouvoir cesser de les écouter. Les voix excitées par l'alcool montaient, montaient, et les rires roulaient en cascade, ponctués de mots orduriers et vides de tout sens réel. Bordel, putain, enculé, pédé… Misérable poème, éternelle litanie des bandes de mâles solitaires, désireux d'affirmer leur virilité. Puis, soudain, le ton était monté, sans qu'en apparence rien ne justifie ces vociférations soudaines, autrement plus violentes que les insultes banales dont ils émaillaient, il y a peu, leur absence de conversation. Alain n'avait pas bougé. Le nez dans le journal, dos tendu, il attendait. Il lui semblait qu'ainsi il était invisible.

Aux interjections égrillardes succédaient à présent des phrases menaçantes et grossières. Il y était question de « pédé de raton, sale bicot, putain de melon de merde qui vient bouffer le pain des Français ». Variante de « qui vient baiser nos gonzesses, bordel de merde ».

Le « raton » en question, un jeune garçon très brun, cheveux frisés, environ vingt ans, était assis à une table près du comptoir avec un homme plus âgé, visiblement étranger : allemand ou danois. Il n'avait pas l'air de comprendre ce qui se passait, mais semblait s'inquiéter des regards menaçants qui convergeaient vers lui. Deux des buveurs avaient quitté leur chaise et l'apostrophaient, une bouteille de bière à la main. Et l'on sentait que le moindre prétexte pourrait déclencher une bagarre. Le patron, derrière son comptoir, ne quittait pas la salle des yeux. Prêt à intervenir ? Peut-être. Pas sûr.

Si la rixe éclatait, les flics arriveraient en force. Contrôle d'identité pour tous. Alain se sentait pris au piège. C'en serait fini de sa belle échappée. Mais il ne pouvait pas fuir. Il ne se sentait pas le droit d'abandonner ce jeune homme à une poignée de Français avinés qui le croyaient maghrébin. Et qui du reste ne l'était pas. Apparemment, il devait être turc ou grec, en tout cas originaire de ce coin-là de la Méditerranée orientale.

Le vieux monsieur qui accompagnait le jeune homme trop brun ne comprenait visiblement rien à ce qui se passait dans le bistrot. Il répétait des *warum* angoissés et jetait à la cantonade des regards interrogatifs et suppliants. Alors Alain s'était levé et, dans un mauvais anglais, il avait invité le jeune homme et son vieil ami à quitter les lieux. Ces gens-là étaient excités, il valait mieux partir. Avant de les laisser, il leur avait demandé leur nationalité : allemand et germano-turc. Les cris et les menaces s'étaient soudain tus à l'écoute de ces gens qui parlaient une langue noblement étrangère : l'anglais. Ensuite, Alain avait jeté sur le cuivre astiqué du comptoir une pièce de dix francs. Puis il avait regagné la sortie sans se retourner. C'est peu dire qu'il avait eu chaud. Un jour, c'est à moi à qui ils voudront faire la peau, s'était-il dit en se regardant dans le miroir. Non, rien ne trahissait ses origines. Aux yeux de tous, il était simplement un beau brun typé. Il était bien trop jeune pour savoir qu'il y a quarante ou cinquante ans, son allure d'hidalgo aurait déchaîné de semblables insultes. La haine de l'étranger immigré reste la même, seule change l'identité des immigrés…

A Moustiers, l'atmosphère était bon enfant. Clô avait pris le bras d'Alain pour gravir les rues en pente pavées de galets. René, que la visite des magasins de faïences ennuyait, s'était installé avec les journaux dans un café. Son existence était désormais parfaitement conforme à ses vœux les plus chers, longtemps informulés. Ce jeune Alain avait illuminé ses jours. Discret, fin, et si bon conducteur… Tellement disponible ! Le rêve, en somme. Parfois, il se demandait comment un homme de son âge pouvait accepter de partager sa vie avec deux vieux croûtons dans leur genre. D'autres fois, il s'étonnait qu'Alain ne manifestât pas de désir d'indépendance. Un jour, il rencontrerait une femme, et c'en serait fini de leur bonheur à trois. Mais il n'y croyait pas tout à fait. Non qu'il pensât qu'Alain fût plus attiré par les hommes, ou simplement asexué. Il n'aurait pas su dire pourquoi, mais il avait le sentiment que ce bonheur serait pour lui éternel. Alain resterait près de lui jusqu'à la fin. Après tout, à quatre-vingts ans et des poussières, la mort ne tarderait pas trop longtemps à venir. Elle ne lui faisait pas peur. Il avait toujours rêvé de mourir heureux. Il était sûr que son rêve se réaliserait. Clô lui survivrait. De cela aussi, il était sûr. Mourrait-elle à son tour heureuse ? Il éludait la question. En réalité, il était inquiet pour elle. Inexplicablement inquiet. A ce point de sa réflexion, il s'arrêtait, et cherchait à noyer son malaise dans une activité nouvelle et prenante. La lecture, l'écriture ou les mots croisés.

Le choix de Moustiers n'était pas tout à fait innocent de la part de Clô. Elle avait envie depuis longtemps d'aller y acheter des copies de ces assiettes anciennes dans lesquelles on servait les repas, jadis chez sa grand-mère, au château.

– Les « moustiers » de bonne-maman étaient des vrais. Ils vaudraient une fortune aujourd'hui, avait-elle dit à Alain sur ce ton à la fois péremptoire et distrait qui accompagnait toutes les remarques touchant à son enfance.

Alain écoutait, attentif, les commentaires de la vieille dame qui exigeait des vendeurs des conseils futés et une écoute parfaite. Ce qui, en l'occurrence, était incompatible. Car les seuls conseils qu'elle aurait pu tolérer étaient ceux qu'elle se donnait à elle-même et qui reprenaient sans doute mot pour mot les avis définitifs de son acariâtre aïeule. Ainsi s'écriait-elle qu'il n'y avait de moustiers véritables que bleus. Ce qui était en partie vrai. Les bleus étaient les plus anciens, voilà tout.

Ils avaient fini par acheter dans diverses boutiques des assiettes à dessert et des plats de service décorés de motifs d'un bleu délavé et subtil qui rappelait à Alain celui des faïences de sa maison natale.

Clô avait accepté de se laisser raccompagner jusqu'au café où les attendait René. Elle y prendrait son thé tandis qu'Alain irait récupérer les achats et les porterait jusqu'à la voiture. Sous ses dehors de femme forte et sportive, Clô s'avouait un peu fatiguée. Et puis c'était si bon de se laisser choyer par un aussi beau jeune homme. Les regards admiratifs des vendeuses l'avaient confortée dans l'idée que cet Alain tombé du ciel avait les qualités physiques du play-boy. Elle se rengorgeait en silence à la pensée qu'elle était seule à connaître ses vertus plus secrètes de parfait gentleman.

Alors qu'il repartait vers les boutiques où l'attendait la vaisselle soigneusement emballée, Clô l'avait retenu par le bras. Pourrait-il pousser jusqu'au distributeur automatique de la banque ? Elle n'avait plus de liquide et pas le courage de se rendre elle-même au guichet. Ils avaient ri en pensant à leur première rencontre. Il avait pris la carte bleue, enregistré mentalement le code, et les avait laissés tous deux dans la paix de cette fin d'après-midi qu'avaient fuie les nuages. A l'horizon, un pâle soleil parvenait même à percer.

27

Le mardi matin à onze heures, le téléphone sonnait. Clô avait décroché sans hâte. Pas de surprise : c'était Guillaume. Elle s'était montrée rogue et courtoise. Avait vaguement houspillé ce neveu qui, sans doute, se plaignait de ne pas avoir pu rendre visite à ses oncles, toujours en vadrouille. De sa chambre, Alain écoutait les réponses de Clô et tentait d'imaginer l'autre moitié du dialogue qui, craignait-il, pouvait le concerner, voire le menacer. Mais il fut vite rassuré. Clô ne s'en laissait pas conter par les jeunes représentants de cette famille lointaine et indifférente dont elle n'avait jamais rien attendu, à qui elle n'avait jamais rien donné. Il l'entendit dire d'un ton supérieur, ce ton de châtelaine qu'elle adoptait dans certaines circonstances et dont il s'amusait toujours :

– Le jeune homme que tu as entendu ? C'est notre secrétaire. Il nous assiste dans nos travaux scientifiques.

Il y eut un long silence. Guillaume devait s'étonner de ce recrutement tardif ; de ces travaux eux aussi tardifs dont il ne connaissait pas l'existence ; de ce garçon qui prenait une place, peut-être dangereuse pour les héritiers de droit et de sang. Puis, à nouveau, la voix péremptoire de Clô :

– Mon cher Guillaume, tes vieux oncles ne sont pas encore gâteux. Ils rédigent encore des articles pour des revues d'ornithologie. On les sollicite beaucoup, ils voyagent. La présence d'un secrétaire leur est devenue indispensable. Le nôtre est parfait. Par ailleurs, il est écrivain. Bien sûr, mon vieux Guillaume, toi, ça ne te dit pas grand-chose. Ton monde, c'est plutôt les chiffres que les lettres. Dans notre génération, c'était différent, nous conjuguions sans peine connaissances littéraires et savoir scientifique. Mais les temps ont changé…

Le silence suivant avait été plus court. Elle lui avait cloué le bec. Alain riait tout seul derrière la cloison. Une sacrée chipie, cette dame Clô ! Il se sentait envahi d'une sorte d'admiration doublée de tendresse. Mais il valait mieux être avec elle que contre elle.

Juste avant de raccrocher, elle avait remercié son neveu d'avoir appelé. L'avait assuré que, s'ils passaient par Paris, ils lui feraient signe, et avait sans doute menti en prétendant qu'ils iraient fêter son anniversaire à elle – « Oui, dans trois semaines, c'est gentil de t'en souvenir, mon vieux Guillaume » – dans un lieu choisi par l'oncle et dont elle ne savait encore rien. Ce serait une fête intime. Une surprise. Un tête-à-tête. « Comme toute notre vie. » *Exit* le neveu.

L'anniversaire de Clô ! Certes, il savait qu'elle allait bientôt le fêter, mais il en avait oublié la date. Que pouvait signifier, pour lui qui avait perdu les siens, fêter un anniversaire ? Désormais, rien. Pourtant, à son insu, le mot éveillait en lui des souvenirs précis. Au lycée français, les enseignants organisaient un goûter mensuel au cours duquel on célébrait les anniversaires des gamins de la classe nés durant le mois. Il y avait un nombre de bougies qui correspondait toujours au plus vieux des fêtés. Ainsi Alain qui avait un an d'avance dans ses études, avait-il soufflé avec fierté, durant ses années de collège, des bougies en nombre exagéré, deux ou trois de plus qu'il n'aurait dû. A l'époque il en était fier, il lui semblait important d'avoir l'air grand.

Quatre-vingts ans. Clô allait avoir quatre-vingts ans… Elle lui parut soudain très vieille. Très vulnérable. Non, il ne fallait vraiment pas qu'elle meure. Sans elle, qu'allait-il devenir ? Bien sûr, il y avait René. Mais il était moins fort. Et puis, il était certain qu'il ne lui survivrait pas. C'était elle le moteur du couple. Et sans moteur…

Il était pris en tenaille entre des idées et des sentiments contradictoires. Il fallait fêter Clô. C'était indispensable. Mais il ne parvenait pas à s'en réjouir. Pour lui, quatre-vingts ans, c'était l'extrême seuil de la tombe. Aucun de ses aïeux n'était allé si loin. Quant à ses parents… Mais c'était une autre histoire qui n'avait rien à voir avec la maladie ni avec la longévité naturelle…

Cette célébration aurait un caractère mortuaire, il le sentait. Il était cependant impossible de s'y soustraire. Il fallait lui faire un cadeau, lui dire sa reconnaissance. Un cadeau somptueux. Quelque chose qui la comblerait de fierté, qui lui évoquerait son enfance aristocratique. Un cadeau digne de ses origines, voilà exactement ce qu'il faudrait lui offrir. Avec quel argent ? Là n'était pas le vrai problème, il trouverait toujours. Mais quoi ? Oui, qu'offrir à une très vieille dame bourgeoise qui lui rappelât discrètement que, autrefois, elle avait habité un château ?

Dans son pays, les cadeaux n'occupent pas la même place qu'ici. Dans la tradition de sa famille jadis honorée et puissante, on offrait aux femmes des objets précieux, de l'ambre, des bijoux, des tissus de soie, des brocarts dont elles connaissaient le prix. Et c'est ce prix, et le sacrifice financier consenti par celui qui les offrait qui donnaient aux présents, si beaux fussent-ils au demeurant, leur vraie valeur.

Ici, le langage des cadeaux n'était pas le même. Il ne fallait surtout pas commettre d'erreur. Ne pas céder à cette sorte d'emphase baroque qui était chez lui de l'ordre du réflexe. Se maîtriser. Toujours se maîtriser.

D'abord, il en parlerait avec René. Qu'avait-il prévu, lui, pour son épouse ? René était sans doute du genre à oublier les anniversaires. L'image du savant rêveur lui collait à la peau et lui tenait lieu d'alibi. Il en jouait très bien.

Alain n'avait pas cru ce que Clô avait déclaré au téléphone à ce neveu trop curieux. René n'envisageait pas un seul instant d'emmener son épouse dans un lieu inconnu d'elle où ils se retrouveraient seuls, en tête à tête. Il fallait bien mal les connaître pour avaler cette information sans tiquer. Mais comment Guillaume aurait-il pu savoir que, d'une part, les René n'aimaient plus du tout voyager par les transports en commun et que, de l'autre, ils n'en éprouvaient désormais plus la nécessité ? Ils avaient à disposition une voiture et un chauffeur.

Chauffeur… Clô aurait pu le présenter comme tel. Mais elle s'en était abstenue, ou elle n'y avait même pas songé. C'est pourtant cette fonction-là qu'il occupait auprès du couple. Celle de secrétaire était si réduite… Il avait en tout et pour tout recopié et vaguement corrigé trois feuillets de l'article sur le merle bleu. Il aurait aimé contribuer davantage à l'avancement de cette étude qui l'intéressait. Le merle bleu solitaire et chanteur lui plaisait, et il avait réfléchi à la manière dont on pouvait présenter les informations scientifiques sans rien perdre de cette poésie qu'il percevait dans le récit oral des René et qui ne passait guère dans leurs écrits. Mais rien n'était possible tant qu'ils n'étaient pas arrivés au bout de leur premier jet. Aussi les incitait-il régulièrement à retourner à leurs travaux. Mais plus le temps passait moins ils y mettaient d'empressement. Certes, ils n'avaient pas renié leur amour des oiseaux qui était le centre de leur vie commune, mais ils prenaient des distances avec le monde animal. Avec une gourmandise enfantine, ils savouraient des promenades gratuites, sans but ornithologique, faisaient de courts voyages sous prétexte d'exposition. Ils les agrémentaient de repas dans des restaurants à étoiles. Clô courait les magasins de Nîmes, voire de Montpellier qu'elle trouvait plus amusants. Alain l'accompagnait partout. René ne les suivait pas toujours, surtout dans les magasins. Il lui était arrivé une ou deux fois d'aller au cinéma tandis qu'ils faisaient la tournée des antiquaires. Ils se donnaient rendez-vous en fin d'après-midi à une terrasse de café. Clô annonçait alors, le sourire aux lèvres, qu'elle était épuisée. Chez elle, le bonheur et l'épuisement étaient indissociables. L'ennui ne la fatiguait pas. Il la tuait. Mais depuis plusieurs mois déjà elle ne mourait plus d'ennui. Elle fonçait de journée épuisante en journée épuisante, ivre d'une vie qu'elle ne soupçonnait même pas. René, lui, savourait enfin sa retraite. Il n'avait jamais imaginé qu'elle pût être aussi joyeuse.

Et le merle bleu dormait dans les tiroirs. S'il avait osé, Alain aurait pris toute la documentation et terminé lui-même l'article. En aurait-il été capable? A ce point de sa nouvelle vie, il se sentait capable de bien des choses. Même d'écrire – son joli brin de plume scolaire ne pouvait pas être tout à fait épuisé –, même de trouver un cadeau somptueux sans posséder le moindre argent. Quelle que fût son activité, il était condamné à ruser. Alors…

28

Lorsque Alain avait frappé, vers dix-huit heures, à la porte entrouverte de son bureau, René avait été surpris et inquiet. Il avait immédiatement pensé que quelque chose de grave était arrivé ou allait arriver. Cela ne pouvait pas concerner Clô qui était sortie faire un bridge, le premier depuis au moins quinze jours. Le bridge et surtout les bridgeurs ne l'amusaient plus guère. René soupçonnait que ce soudain désintérêt pour des amis qu'en d'autres temps elle trouvait un peu étroits, mais charmants, relevait plus de leur attitude, sans nul doute méprisante ou pour le moins soupçonneuse à l'égard de leur pensionnaire, que d'une découverte tardive de leur médiocrité. René qui n'aimait pas beaucoup les bourgeois de province – il se sentait en ce sens très parisien, ce qui chez lui signifiait large d'esprit – les avait toujours jugés un rien étriqués, en tout cas confinés dans un monde où ne soufflait jamais le vent salubre de la nouveauté. A dire vrai, il s'ennuyait en leur compagnie et n'avait guère de goût pour les jeux de société, fussent-ils distingués.

Non, l'apparition inopinée d'Alain dans son bureau ne pouvait pas concerner Clô. S'il lui était arrivé quelque chose, il l'aurait su le premier grâce au téléphone qui sonnait à la fois dans le salon et sur sa propre table de travail. Mais le téléphone était resté muet. Cela concernait donc Alain lui-même. Le jeune homme voulait sans doute lui annoncer à lui, entre hommes, son départ prochain, et c'était une catastrophe, un véritable malheur, la fin d'un rêve. Cette pensée lui fit l'effet d'une douche glacée.

Debout sur le seuil de la porte, Alain regardait le vieux monsieur déboussolé qui l'observait, l'air défait, sans prononcer la moindre parole. Était-il mal tombé ? Dérangeait-il son hôte dans son travail ou dans une sieste tardive ? René se sentait-il mal ?

Puis, comme il fallait bien rompre cet insupportable silence, il avait dit :

– Veuillez m'excuser si je vous dérange, mais il fallait que je vous parle seul à seul.

L'autre avait blêmi. Il titubait un peu. Mais il fallait poursuivre, régler au plus vite cette histoire d'anniversaire, puis, s'il était toujours aussi mal, il l'interrogerait sur sa santé, appellerait Clô ou un médecin. Les deux sans doute.

– Ça ne va pas ? Vous avez un malaise ? Ce que j'ai à vous dire ne sera pas long. Mais je vous en prie, asseyez-vous, vous avez l'air souffrant.

Il lui avait proposé un verre d'eau. René avait fait un vague signe négatif de la tête, s'était malgré tout assis, et Alain avait poursuivi sans grande conviction, inquiet devant le visage tendu de son hôte :

– Je voulais juste vous parler de l'anniversaire de Mme Clô. Si mes renseignements sont bons, il aura lieu dans dix jours. Je souhaiterais, si vous le voulez bien, participer à l'organisation des festivités. Je ne sais ce que vous pensiez faire, mais…

René avait repris des couleurs. Il souriait à présent, soulagé du poids d'une angoisse dont son interlocuteur ne soupçonnait ni la lourdeur ni l'origine.

Alain ne saurait jamais que René avait oublié l'anniversaire de sa femme et que, pis encore, il s'était senti, durant quelques interminables instants, menacé d'abandon. Le jeune homme avait interprété la soudaine joie démonstrative de René – il s'était levé et lui avait donné une sorte d'accolade maladroite en le remerciant – comme un signe de reconnaissance un peu excessif, mais très sympathique.

Il fallait désormais passer aux choses sérieuses : élaborer un plan en secret.

Mais on ne pouvait rien improviser sur le pas de la porte. Les deux hommes s'étaient donc enfermés dans le bureau, et, tels des conspirateurs, commençaient à chuchoter. René, vaguement gêné, prétendait qu'il avait réfléchi mais n'avait encore rien trouvé. Alain aurait-il des idées ? Il en avait quelques-unes, mais il fallait en discuter ensemble. Clô aimerait sûrement que l'on quittât Uzès. Le 24 mai tombait un dimanche. Il serait facile de prétexter une sortie à la campagne, sans préciser à l'avance laquelle. Mais fallait-il associer cadeau et voyage ? Et d'abord qu'offrir à une personne qui possède déjà tant d'objets précieux ? René insistait beaucoup sur cet âge – quatre-vingts ans – qu'il avait certes dépassé, où le désir des choses s'estompe parce qu'on sait qu'elles ne vous dureront pas longtemps. Que vous les quitterez avant qu'elles ne vous lâchent.

Alain, lui, soulignait que le temps importe peu, seule la joie de l'instant compte, elle est, en un sens, éternelle.

Tous deux avaient fini par conclure qu'il fallait d'abord choisir le lieu, puis seulement après le cadeau. Si ce dernier était un objet encombrant, elle le recevrait au retour du week-end. Il en serait le point d'orgue inattendu.

Un silence soudain était tombé sur leurs murmures fiévreux de conspirateurs. Alain se sentait gêné. Il ne savait pas comment dire à René qu'il voulait participer « matériellement » à cette célébration. Certes, il l'aiderait aussi à réserver un lieu, à le trouver d'abord ; il conduirait la voiture, commanderait le gâteau d'anniversaire. Mais cela n'était pas suffisant. Pas pour les quatre-vingts ans de Clô. Il voulait payer. Sans sa contribution financière, son rôle dans la fête se bornerait à être celui d'un domestique zélé.

Il n'avait pas d'argent. Juste quelques billets conservés de son magot initial. Et le Vélosolex qu'il avait mis à l'abri et qui lui rapporterait au maximum quatre cents francs, si toutefois il trouvait preneur. C'était maigre. Mais il ne fallait pas renoncer pour autant à se montrer prodigue. Sa mère lui avait jadis raconté qu'un de leurs oncles, Mati, qui habitait la montagne, avait emprunté de très lourdes sommes pour pouvoir épouser dignement la jeune fille dont il convoitait la main. Il avait ensuite passé plus de dix ans à exercer deux métiers afin de rembourser ses dettes. Mais, malgré son épuisement, l'oncle n'avait jamais regretté son geste. Trente ans après, il répétait encore à ceux qui le taxaient d'imprudence, voire de vanité, qu'il n'oublierait jamais le regard noyé de bonheur et de fierté de sa promise devant la splendeur et les fastes de la cérémonie nuptiale. Le bonheur offert à l'autre que l'on aime est le plus précieux des cadeaux, concluait-il invariablement. Aujourd'hui, à des centaines de kilomètres du village où s'était éteint le vieux Mati, il pensait à lui et se sentait étrangement proche de sa philosophie de la vie.

– Si vous en êtes d'accord et puisque c'est dans le fond mon idée, je m'occuperai du cadeau. Vous serez, vous, le maître de cérémonie du week-end. Je me propose, bien sûr, de vous aider à l'organiser.

René avait acquiescé sans réfléchir. Il voulait bien faire la fête à la campagne, mais ne se sentait pas de taille à imaginer un de ces cadeaux d'anniversaire que, comme presque chaque année, Clô fourrerait dans un tiroir après l'avoir regardé, vaguement admiré puis remis dans son emballage d'origine. Il est vrai qu'il lui offrait toujours les mêmes choses. Des stylos, des foulards, des porte-monnaie taillés dans toutes sortes de peaux... Pas de bijoux, elle prétendait ne pas les aimer, ou du moins n'aimer que ceux, rares mais somptueux, qui lui venaient de sa mère. Elle prétendait aussi que les montures modernes étaient atroces. En réalité, elle les trouvait démesurées par rapport au poids des pierres qu'elles griffaient. René n'aurait jamais eu les moyens de lui offrir des diamants ou des saphirs à la taille de ses ambitions. Les bijoux dont elle aurait pu rêver n'appartenaient pas au monde des bourgeois intellectuels, des professeurs. Elle les avait donc chassés de ses pensées.

Lorsque Clô était rentrée de son bridge, épuisée par la sottise de ses interlocuteurs qui l'avaient déconcentrée et par sa propre déveine – une absence de jeu caractérisée, mais, malheureuse aux cartes... –, elle avait trouvé les deux hommes au salon devant deux verres à moitié pleins, un verre vide, une bouteille de bordeaux et un petit bol de noix de cajou grillées. Peut-être avaient-ils l'air un peu trop innocents pour être parfaitement honnêtes, mais elle était trop furieuse d'avoir perdu plus de deux heures à « se faire étriller par ces vieux chnoques déphasés » pour se pencher sur la sérénité de ces messieurs. On ne l'y reprendrait plus.

Puis elle s'était fait servir un doigt de bordeaux pour les accompagner.

– De quoi parliez-vous en m'attendant ? avait-elle demandé

sur ce ton qui pouvait passer pour autoritaire et qui n'était que vigoureux.

C'est Alain qui avait répondu sans laisser à René le temps d'inventer son propre mensonge :

– Je m'informais de l'avancée de vos travaux sur le merle bleu.

29

Devant l'insistance de leur pensionnaire qui commençait à leur donner de sacrés complexes de paresse, les René étaient retournés à leurs chères études. Ils avaient repris leurs notes, dépoussiéré puis dépouillé des revues, consulté de vieux livres, regardé des planches, écouté des enregistrements de chants qu'ils avaient faits eux-mêmes… Alain avait raison, il fallait absolument qu'ils terminent leur article avant le mois de juillet. Ils s'y étaient engagés auprès de leurs collègues du Gard. Ils devaient tenir leurs délais. Il est vrai que, depuis quelques mois, les oiseaux n'étaient plus tout à fait au centre de leur vie. Au fil des semaines, ils se sentaient ouverts à mille autres sujets qui jusqu'alors ne les avaient pas tentés. C'était étrange, ce sentiment qu'ils éprouvaient de naître à une nouvelle vie. Non que l'ancienne les eût lassés, en regardant en arrière, ils se voyaient très heureux, mais le présent leur paraissait encore plus heureux que le passé. Impression qui contredisait tout ce que la médecine décrivait du vieillissement. Un temps où les désirs comme la vitalité, la souplesse, la résistance s'estompent, où l'on ne voit de soleil qu'au passé. Non, vraiment, l'âge d'or n'était pas à chercher derrière, ni devant du reste, l'âge d'or se conjuguait au présent. C'est lui qui leur apportait sans cesse de nouvelles envies. Ils sentaient germer en eux des gourmandises et des curiosités insoupçonnées. Pour la première fois de leur existence, ils éprouvaient un soudain penchant pour la paresse. Une paresse consentie, délicieuse, qui ne s'enracinait dans aucune fatigue. Juste savourer l'instant. Ainsi aimaient-ils toujours autant courir la campagne et jouer les guetteurs, mais alors qu'il y a un an à peine ils se seraient précipités pour traduire leurs notes au clair afin de compléter le profil de telle ou telle espèce, ou de définir avec précision l'aigu ou le modulé d'un chant, ils se contentaient désormais de savourer leurs découvertes en sirotant un thé ou un verre de citronnade… Comme si le vrai plaisir ne devait laisser de traces que dans le souvenir. Ils se sentaient semblables à ces voyageurs qui parcourent le monde à la recherche des lieux les plus insensés et qui, délibérément, n'en rapportent jamais la moindre image. Sans doute leurs neveux auraient-ils vu là une forme exacerbée par l'âge de leur égoïsme légendaire. Mais leurs neveux ignoraient qu'en réalité ils partageaient tout avec un tiers. Que c'était lui qui, par sa seule présence, rendait possible ce délicieux et, sans nul doute, éphémère bonheur.

Alain, de son côté, se réjouissait de voir les René au travail. Leur activité scientifique les retenait à leur bureau et lui laissait un peu de temps libre pour organiser les festivités. Depuis qu'ils avaient fait l'achat de leur Mégane, les René n'attendaient plus que le moment de sortir. D'autant que le temps s'était mis au beau. Rares étaient les jours où l'on ne partait pas dans les gorges de la Cèze, la vallée du Chassezac ou du côté d'Anduze et de Saint-Jean-du-Gard. On ne consacrait à ces sorties que quelques heures, deux, trois, voire quatre, pas plus pour ne pas grignoter le temps d'écriture d'Alain qui jamais ne protestait. Il conduisait avec douceur et goûtait en leur compagnie aux joies simples d'une nature qui, l'été approchant, lui évoquait celle de son pays perdu.

Oui, mais après cela, comment ressortir seul dans Uzès ou ailleurs, sans avouer que son activité d'écriture était un simple leurre, un mensonge pour camoufler son identité ? Il était censé travailler à un roman. Il est vrai que les René se montraient discrets, ne posaient pas de questions sur le sujet ni sur l'état d'avancement du manuscrit. Ils ne demandaient pas à lire, ne fût-ce qu'une page ou deux. Parfois, Alain avait l'impression qu'ils savaient qu'il n'écrivait pas, qu'il faisait semblant. Mais ils jouaient le jeu car l'équilibre du trio était le gage de leur sereine vieillesse. Chacun devait tenir son rôle. Il tiendrait le sien jusqu'au bout.

Il faudrait d'abord s'occuper du Vélosolex. Il avait demandé à René l'autorisation d'utiliser la voiture. Cette demande formulée avec un rien de solennité avait étonné le vieil homme. Bien sûr, elle était autant à lui qu'à eux. Plus, même ! Puisqu'il était le seul des trois à savoir la conduire. Ainsi prit-il conscience que jamais Alain n'était sorti seul. Ce qui le troubla. Clô et lui étaient vraiment trop inattentifs aux autres. Ce pauvre garçon devait en pâtir. Il en toucherait un mot à son épouse. Mais pas tout de suite. Il ne faudrait pas lui mettre la puce à l'oreille. On verrait ça après l'anniversaire. Dans deux semaines. Déjà !

Le vendeur de cycles avait regardé le Vélosolex avec cet air dégoûté de ceux qui s'apprêtent à vous dire : « C'est un clou », « Il ne vaut pas tripette » ou : « Mais c'est une antiquité ! » Il n'avait rien dit de tout cela. Sans doute était-ce encore trop beau pour décrire l'engin que lui présentait ce jeune homme bien mis. Il avait lâché du bout des lèvres un trois cent cinquante francs qui ruinait les espérances financières d'Alain. Fallait-il renoncer à en tirer plus ? Le temps jouait contre lui. Trois cent cinquante francs, c'était peu, mais c'était déjà ça. Il les avait acceptés sans formuler le moindre commentaire. Il avait pris du bout des doigts, avec une sorte de mépris non déguisé, les billets que lui tendait l'autre, surpris de sa passivité. Sans doute se disait-il : « Encore un bourge qui se fout du fric parce qu'il en a plein les fouilles. » Alain se plaisait à croire qu'il pensait ainsi. Cette opinion présumée satisfaisait sa fierté.

Il avait emporté la totalité de son magot qu'il n'avait pas voulu recompter jusqu'alors. Il savait bien qu'il ne lui restait plus grand-chose lorsqu'il avait pris pension chez les René. Il était temps de voir la situation en face. Certes, la prudence aurait voulu qu'il ne dépensât pas un centime pour un cadeau dont René lui-même avait souligné l'inutilité. Mais que signifie l'utilité d'un cadeau ? C'était absurde. Un cadeau doit être parfaitement inutile, voire superflu. C'est ainsi qu'on pensait chez lui. C'est ainsi que Clô pensait aussi. Il le devinait à sa manière de se comporter. A la limite de la radinerie dans les petites choses, et superbement généreuse, dépensant sans compter dès que seul le plaisir de donner ou de recevoir était en jeu.

Il dépenserait tout. Mais tout, soit six cent dix-huit francs et quelques menues poussières, ne suffirait pas. Il ne savait pas encore ce qu'il achèterait, mais il était sûr qu'il lui faudrait beaucoup plus. Il aviserait donc dès qu'il aurait trouvé un présent digne d'une vieille princesse que ne pleurerait aucun fils. C'est cela, dans le fond, qui émouvait le plus Alain. La solitude de ces deux êtres. Plus tard, il comprendrait qu'il n'est pas nécessaire d'être né des entrailles d'une femme pour se sentir orphelin lorsqu'on vous arrache de ses bras. Mais pour l'heure, et malgré tous les avantages qu'il tirait matériellement de ce couple sans descendance, il éprouvait ce sentiment sans doute hérité de sa mère et de ses aïeux, qu'on ne doit pas interrompre la chaîne de la vie, qu'on doit procréer. Que c'est là le prix à payer pour être immortel.

A sa connaissance, tous les siens avaient péri. S'il restait quelques survivants, ils se cachaient comme lui ici ou ailleurs pour échapper au massacre. Mais survivre n'était pas suffisant. Un jour viendrait où il lui faudrait aussi avoir des enfants pour ne pas briser la chaîne, pour être, à terme, vainqueur.

Il avait renoncé à trouver en bijouterie un joyau acceptable. René lui avait parlé des goûts de Clô. Non, il ne rivaliserait pas avec ses riches ancêtres. Les objets de papeterie de luxe étaient eux aussi à bannir. Les ouvrages anciens n'intéressaient guère la vieille dame qui aimait les livres pour leur contenu et non pour leur reliure. La parfumerie frôlait la banalité. Elle ne portait du reste que des essences naturelles : lavande ou verveine selon les saisons. Il avait aussi écarté les accessoires : gants, foulards et autres fanfreluches qu'elle avait rayés de sa vie. Il n'offrirait pas de vêtements. Elle ne s'habillait que de kilts et de laines anglaises et irlandaises, qu'elle commandait dans une boutique de Paris. Il pensait en outre que les vêtements étaient des cadeaux trop intimes. C'est en passant devant la vitrine très éclairée d'un opticien qu'il trouva l'objet. Une petite paire de jumelles très perfectionnées, très légères, très esthétiques, soulignait le vendeur en faisant légèrement rouler le *r* de tous ces superlatifs qui pourtant ne dissuadèrent pas Alain. L'homme s'était abstenu d'ajouter un quatrième « très » à sa liste, celui qui précéderait l'adjectif « onéreux ». Mais quand on aime quelqu'un qui aime observer les oiseaux, on ne lésine pas sur le coût d'un instrument délicat et perfectionné, idéal pour une vieille dame savante. Alain possédait environ le dixième du prix de cet objet précieux. Mais plus il regardait cette petite merveille habillée de chrome et de cuir, plus il était sûr de ne pas se tromper. Tandis que le vendeur décrivait par le menu les performances des lentilles dont la transparence et la puissance étaient exceptionnelles, Alain voyait Clô les portant à ses yeux. C'était un spectacle parfait. Et, lorsque le paquet fut terminé, le jeune homme sortit tout naturellement la carte Visa des René de sa poche et, de mémoire, composa le code. Puis, sur le chemin du retour, il s'arrêta à la banque et déposa sur le compte de ses hôtes dont il avait le numéro les six cent dix-huit francs qu'il gardait dans sa poche. Tandis que la jeune fille du guichet enregistrait son dépôt, il caressait d'une main furtive le paquet cadeau qu'il avait glissé dans la poche intérieure de son blouson, tout près de son cœur.

30

Le 26 mai approchait. Personne, place aux Herbes, n'aurait pu l'ignorer. Le téléphone ne cessait plus de sonner. Les uns après les autres, les neveux avaient appelé. Charles-Antoine, le cadet de la branche Clô, avait été le premier. C'est sa tante qui avait décroché. Elle avait été courtoise mais ferme. Il n'était absolument pas question que quiconque vînt lui souhaiter ses quatre-vingts ans, chez elle ou ailleurs. Non, elle détestait les anniversaires. Et, à son âge, sa répulsion pour cette fête ridicule – « Comment peut-on se réjouir de devenir vieux ? » – n'avait fait que croître. René et elle avaient décidé de quitter Uzès pour faire un court voyage en tête à tête. C'était la version officielle déjà donnée à Guillaume. Il fallait s'y tenir. Elle ne se souvenait plus si on avait fourni à ce dernier d'autres renseignements sur leur destination. Aussi était-elle restée très prudente dans sa formulation. Une voix intérieure, celle de sa gouvernante d'antan, une Jeanne aux yeux myosotis et à l'accent pur de Touraine, lui chuchotait : « Prenez garde ! Pour être menteur, il faut avoir bonne mémoire ! » La sienne n'était pas mauvaise, mais sait-on jamais ?

Exit Charles-Antoine, sans doute soulagé de ne pas avoir à se déplacer et faire des politesses à cette tante acariâtre, la petite sœur de son défunt père, dont il était le plus jeune héritier. Sa cousine Babette, qui se piquait de botanique et vivait en province une existence de châtelaine déclassée – elle avait épousé un vieil hobereau qui possédait un petit château près de la Loire, mais elle avait dû le transformer en auberge à la mort de son époux ruiné –, Babette donc avait été la troisième à se manifester en cette fin de mois de mai. C'est René qui avait décroché. Clô n'était pas loin. Mais ils avaient décidé qu'en ces temps troublés ce serait désormais lui qui répondrait aux appels. Il lui avait raconté la même histoire qu'aux autres. Ils partaient en amoureux pour une destination inconnue de sa tante pour cause de surprise. Babette avait roucoulé au bout du fil. Elle aurait tant aimé pouvoir les accueillir au château. Certes, elle comprenait qu'ils n'eussent aucune envie d'une fête familiale, mais en petit comité chez elle… René était resté gentiment intraitable. Il ne pouvait pas accepter son aimable invitation. Il avait d'autres projets…

Clô qui avait d'abord ri devant l'intérêt, à ses yeux hypocrite, que lui témoignait sa parentèle, s'était mise en colère au neuvième appel qui émanait à nouveau de Guillaume. Il s'obstinait. Peut-être pourrait-on organiser une fête tardive à leur retour. Quelque chose d'intime et de chaleureux. Le printemps devait être délicieux dans le Sud, début juin. Car ils allaient tout de même rentrer chez eux début juin. Il connaissait un restaurant près de Nîmes où l'on pourrait goûter aux plaisirs d'une table raffinée, à ceux de la nature et au silence de cette campagne qu'ils aimaient tant. Bien entendu, il viendrait avec son épouse les chercher en voiture à Uzès. Puis, avec un petit rire complice : « Vous n'avez toujours pas passé votre permis de conduire, je présume. »

Clô, qui avait longtemps déploré la suppression de l'écouteur sur les nouveaux téléphones, découvrait avec délices les bonheurs de la touche haut-parleur. Et c'est entre amusement et agacement qu'elle écoutait en douce les propositions si étrangement semblables des neveux qui, les uns après les autres et en cachette les uns des autres, se poussaient du coude pour être les premiers et à terme les élus.

L'insistance de Guillaume l'avait plongée dans une de ces colères froides qui effrayaient ceux qui la côtoyaient. Elle avait arraché le combiné des mains de son époux et avait dit à son correspondant médusé – elle était censée être absente : « Il est inutile d'insister. Il n'y aura pas d'autre fête que celle que nous organisons entre nous trois. Il vous faudra attendre mes funérailles pour vous réunir en groupe à mon chevet, mais en mon absence. »

Du fond de sa chambre où il feignait d'écrire, Alain tendait l'oreille chaque fois que la sonnerie vibrait. Tout s'était déroulé sans problème jusqu'alors. Les René avaient été parfaits. Mais dans son explosion de colère, Clô avait vendu la mèche. Elle avait dit « nous trois ». Il l'avait parfaitement entendue. Guillaume aussi sans doute. Lorsqu'elle était hors d'elle Clô articulait avec une précision maniaque. Elle s'adressait aux autres comme on s'adresse aux demeurés, aux idiots, en tout cas à des individus qui ont des difficultés à comprendre. Tôt ou tard, cette imprudence verbale allait leur retomber dessus.

Il aurait voulu en parler avec ses hôtes. Leur demander de rattraper le coup. Mais il était paralysé d'angoisse derrière la cloison. En un sens, cette trinité proclamée à la face des neveux imbéciles était une sorte d'aveu. Quand elle pensait à sa vie, à son bonheur, elle pensait à eux trois. Alain était leur famille. Mais si le moindre problème survenait – une maladie, une faiblesse, la mort de René ou de Clô qu'il fallait aussi envisager –, il ne serait alors plus qu'un intrus, un parasite, un greffon indésirable. Ils seraient alors nombreux à vouloir s'en débarrasser.

Pour la première fois depuis l'achat des jumelles de Clô, Alain s'inquiétait de son geste. Il aurait dû être plus modeste dans ses goûts et ne pas utiliser la carte de crédit des René. Il savait que la vieille dame qui épluchait tous les comptes ne manquerait pas de voir que ces messieurs n'avaient pas lésiné sur le prix de l'objet. Car les jumelles seraient offertes officiellement par René et Alain. Peut-être verrait-elle aussi le versement modeste du jeune homme... Elle ne pousserait pas plus loin ses investigations. Alors pourquoi se tracasser? A cause des autres, de ces neveux rapaces qui soudain le cernaient. Il avait de plus en plus tendance à avoir peur de tout. Sans doute sentait-il désormais qu'il avait quelque chose à perdre : des gens qu'il appréciait, une identité, un quotidien sans problème, une vie en somme. Il y a quelques mois à peine, lorsqu'il errait avec élégance dans les rues d'Uzès, rejoignant sa chambre minable à Vélosolex dans le froid et la nuit, se levant à l'aube pour que personne ne remarque son manège, il n'avait jamais douté de réussir. Il avait serré les mâchoires, joué le jeu, attendu juste ce qu'il fallait pour se rendre désirable. Dans ces moments-là, il se sentait inaccessible. Il était pure volonté. Tendu comme un arc. Et si solitaire que même l'échec, les rares fois où il l'avait envisagé puis rejeté aussitôt, ne lui apparaissait pas comme une catastrophe. Que risquait-il dans le fond? D'être arrêté, évincé, dénoncé, renvoyé dans son pays. Là-bas, il n'aurait pas réchappé à ceux qui avaient exterminé les siens. Il serait mort au terme de son aventure. D'autres avaient eu moins de chance. Personne ne le pleurerait et lui, il ne regretterait rien. Oui, mais à présent les temps avaient changé. Il avait des choses et des gens à perdre. Il était redevenu fragile et tendre. Vulnérable.

Lorsqu'il avait rejoint les René en fin d'après-midi pour le rituel d'un apéritif qui était passé du jus de fruits au vin, puis du vin au cocktail avec alcool – « plus frais, plus festif, plus printanier ! » –, ses hôtes n'avaient fait aucune allusion à l'appel de Guillaume ni à l'énervement de Clô. On était à J – 3 et ils quitteraient Uzès dès le surlendemain matin pour profiter des charmes du voyage. Quand ils se retrouvaient ainsi ensemble, ils évoquaient leurs festivités en termes de « voyage ». Ils auraient certes pu n'en rien dire à l'avance à Clô mais il avait semblé aux deux hommes qu'ils ne pouvaient pas la bousculer en lui annonçant un matin au petit déjeuner : « Faites vos bagages, nous partons pour quatre jours. » A son âge, on n'aime les vraies surprises qu'avec modération. Ils avaient cependant résisté à ses questions sur la destination. Ils se sentaient assez fiers d'avoir tenu bon. Ils l'avaient avertie qu'il lui faudrait emporter des tenues de marche, un vêtement habillé, des pulls et un parapluie, on ne sait jamais.

Et là, devant leurs verres embués de glaçons, dans la lumière dorée d'un printemps avancé, les René et Alain oubliaient tout des colères, inconforts et autres ennuis d'une journée qui, quelques mois plus tard, lorsque le malheur les aurait frappés, apparaîtrait au jeune homme comme vraiment parfaite.

31

Ils avaient quitté Uzès peu avant huit heures. La lumière safran qui perçait la brume matinale soulignait le contour des choses et réveillait les couleurs un peu ternes du paysage cévenol. Il faisait frais dehors, presque froid. Alain avait dû mettre en marche le dégivrage des vitres avant et arrière, couvertes d'une buée poisseuse. Il avait aussi fait fonctionner le chauffage. Dans la chaleur douce de l'habitacle, ils traversaient à présent des étendues d'une garrigue rase jonchée de cailloux. Ils avaient piqué droit vers l'ouest. Négligeant les grands axes, dont la route de Nîmes, ils avaient pris des voies buissonnières que bordaient des villages endormis, des hameaux déserts et des platanes au feuillage naissant d'un vert si tendre qu'il en paraissait jaune. Clô, qui n'avait pas le droit de poser de questions sur leur destination, s'informait pourtant sans cesse sur les numéros des départementales et le nom des lieux-dits. Elle avait des petits cris de jouvencelle, des rougeurs d'adolescente, des rires aigus de fille chatouillée. Elle était charmante.

René n'était pas moins excité que son épouse. Certes, il savait, lui, où l'on allait. Il avait lu et relu dans le guide Michelin les caractéristiques de ce château qu'Alain et lui – surtout Alain – avaient élu entre tous, pour y célébrer Clô. Il savait que le mot « château » était à prendre ici au sens méridional. Rien à voir avec l'arrogance de celui de la nièce Babette. Le château où ils se rendaient était une de ces opulentes maisons de maître que les propriétaires viticulteurs se faisaient jadis construire à l'orée de leurs terres, plus comme lieu de villégiature que pour y résider vraiment. Clô aimerait sans doute l'élégante austérité de cette demeure solide, protégée du regard par une enceinte de pins parasols. Du temps de leurs promenades pédestres ou cyclistes, ils avaient souvent découvert de semblables demeures nichées au creux d'un paysage monotone de vignes. Jamais ils n'avaient été conviés dans l'une d'elles. La plupart avaient l'air fermées, voire abandonnées. De loin, elles ressemblaient à des îles perdues sur un océan échevelé de ceps.

Le guide Michelin précisait qu'il y avait un parc et seulement sept chambres. Ce serait donc calme. Ces perspectives apaisantes ne parvenaient pourtant pas à tranquilliser René. Il se sentait agité, impatient. Il éprouvait une sorte de hâte qui lui faisait trouver bien long le trajet au demeurant agréable.

Alain, lui, savourait l'instant. Il n'était pas pressé d'arriver. Il aimait conduire en souplesse, suivre l'itinéraire capricieux qu'il avait arrêté avec René et dont l'un des deux objectifs – l'autre étant la beauté des paysages – consistait à désorienter Clô. Il fallait qu'elle en perde le nord. Qu'elle ne sache plus exactement à quelle distance elle était de son point de départ, ni, bien sûr, de son point d'arrivée.

Clô avait d'abord pensé : nous allons du côté de Ganges – car telle était, au sortir d'Uzès, l'une des directions empruntées. Puis on avait plongé vers le sud. Elle s'était dit : Sommières, Castries, Montpellier. Un peu banal pour une surprise. Mais alors la voiture avait piqué plus à l'ouest, vers Quissac et Saint-Martin-de-Londres. Les jeux n'étaient pas faits et l'on multipliait le nombre des possibles. Elle se souvenait d'une place ombragée de vieux platanes à Saint-Martin-de-Londres, et d'une église écrasée de chaleur de laquelle suintaient, comme une transpiration sourde, des voix de femmes chantant les vêpres en latin.

Ils avaient mis plus de deux heures à couvrir la courte distance entre Uzès et Saint-Guilhem-le-Désert. C'est là qu'ils feraient leur première halte. En ce matin de mai, il n'y avait personne dans les rues. On prendrait d'abord un café près de l'église, puis on se dégourdirait les jambes le long de ce sentier appelé « du bout du monde » qui zigzague vers d'infranchissables murs de roches.

La plupart des boutiques pour touristes étaient fermées. Et ils revisiteraient seuls l'église et le cloître dans la lumière dorée que ne troublait plus la moindre brume.

Le café était amer et très chaud. René avait aussi commandé une crêpe au beurre garnie de chocolat. Clô avait fait mine de ne pas le voir se délecter de cette graisse sucrée et savoureuse qui filerait tout droit – elle en était sûre, elle le voyait – non pas de l'œsophage vers l'estomac, mais directement de la bouche aux artères, pour les obstruer. Ce n'était vraiment pas le jour de jouer les rabat-joie. Tout à l'heure, lorsqu'ils seraient arrivés à destination et qu'ils auraient rejoint leur chambre, elle lui parlerait gentiment. Enfin elle essaierait, même si les écarts alimentaires de son époux bourré de mauvais cholestérol la mettaient toujours dans des états de rage peu surmontables. Du reste, elle se sentait soudain agitée de colère. Il fallait absolument lever le camp, marcher, s'oxygéner, éliminer…

Ils avaient quitté Saint-Guilhem vers midi. Non, ils ne déjeuneraient pas ici. Les hommes avaient prévu une halte autrement plus gastronomique. Ils avaient d'abord pris la départementale 4 vers le nord, en direction de Causse-de-la-Selle, puis ils avaient tourné vers l'ouest et suivi la départementale 122 direction sud : Saint-Guilhem ! Ils ne tournaient pas en rond simplement pour égarer leur dame, ils la promenaient à travers des paysages qu'elle aimait, que jamais elle n'aurait pu revoir sans Alain et la voiture. Surtout sans Alain. L'idée était de René. C'est lui, son vieux compagnon, qui avait livré au jeune homme leurs lieux de prédilection les plus inaccessibles. Sans doute y avait-il quelque chose de macabre, comme une sorte de tournée d'adieu, dans ce voyage, mais aucun des trois voyageurs ne voulait laisser affleurer cette sombre idée à sa conscience. Ils goûtaient le présent, et le présent était merveilleux.

Clô s'était mise à parler des oiseaux, des buissons épineux derrière lesquels ils avaient guetté le rouge-queue à front blanc qui aime les ronces des chemins. Du vol majestueux du circaète jean-le-blanc, point immobile dans le ciel bleu, qui pique soudain vers une invisible proie cachée dans le maquis dense et bas. Elle avait raconté l'attente, les cachettes à plat ventre dans les buis et le lavandin, le souffle que l'on retient pour ne pas déranger le mystère d'une nature brutale et belle que toute présence humaine perturbe. Elle avait retrouvé sa voix du début, celle des premières rencontres, celle de l'ornithologue qui demande à ce bon jeune homme écrivain de l'aider à rédiger un article. Il aimait sa manière d'être savante sans préciosité. Il aimait la poésie de son vocabulaire.

Tandis qu'elle parlait, René s'était assoupi. Alain avait pensé : la crêpe au beurre, le chocolat, l'émotion, le réveil matinal. Dans cet ordre. Il avait fait mine de ne pas entendre le léger ronflement du vieux monsieur dont le visage un peu trop rouge l'inquiétait vaguement. Lorsqu'ils étaient arrivés à

Saint-Guiraud où ils avaient réservé trois couverts pour treize heures, René avait eu du mal à sortir de son sommeil. Il était vaseux. Clô l'avait aidé à s'extraire de la voiture. Alain les avait laissés s'avancer vers la belle salle de ce restaurant de village dégotté dans un guide. De dos, René lui avait semblé très vieux, à la fois maigre et tassé, et Clô, quoique pimpante dans son dernier kilt, lui paraissait fragile. Elle ployait un peu sous le poids de son mari qui s'accrochait à elle. On avait l'impression qu'ils avançaient en tanguant sur une terre incertaine, mouvante. Lorsque, quelques minutes plus tard, il les avait rejoints, ils avaient retrouvé tous deux leur air de vacances. On déjeunerait à l'eau, avait proposé Alain. On garderait les vins pour le soir. Clô lui avait su gré de cette invitation subtile à la sagesse.

Plus tard, après un repas savoureux et léger, ils avaient repris la route, juste quelques kilomètres, jusqu'au château de Rieutort où les attendaient leurs chambres. Le lieu était comme ils l'avaient imaginé, sobre, cossu, tranquille. Seuls les pins ne correspondaient pas à leur attente. René avait regardé Alain d'un air vaguement navré et avait murmuré à son intention, en évitant de se faire entendre de son épouse : « Les pins sont d'Alep. Dommage. »

32

Si, d'aventure, Alain avait douté de la fragilité du bonheur, il aurait été plus bouleversé encore par les événements qui allaient suivre.

Le dîner d'anniversaire avait été prévu le lendemain de leur arrivée au château, dans un célèbre restaurant de poissons et de fruits de mer, sur les berges de l'étang de Thau. Clô avait la passion des huîtres et même si, en mai, elles commençaient à être un peu grasses, le lieu choisi pour les déguster était une garantie de fraîcheur et de qualité. Un peu fatigués par le voyage, les René avaient préféré passer l'après-midi au château. Le parc était délicieux et les fauteuils d'osier, disponibles sous l'auvent, invitaient à la paresse. Après une courte sieste de laquelle René avait émergé le visage encore un peu rouge et soufflé, le couple avait fait une razzia de journaux à la réception et s'était installé, mi-ombre mi-soleil, sur la pelouse. René n'avait pas tardé à piquer du nez sur *Le Monde* de la veille. Pendant ce temps, Clô faisait les mots croisés d'un journal féminin qu'elle n'avait même pas feuilleté. Elle détestait ces magazines sur papier glacé dans lesquels personne n'était ni vieux ni pauvre. Mais les mots croisés, le sport cérébral…

Alain, lui, était allé jusqu'à la petite ville voisine pour y faire provision de tabac pour René qui avait oublié d'emporter ses cigares. Sans doute avait-il traîné un peu dans les environs car il n'était rentré que longtemps après, lorsque le soleil était désormais trop pâle et l'humidité du soir trop prégnante pour que les René pussent encore lézarder dans leurs fauteuils. Ils avaient dû se retirer dans leur chambre avec une certaine précipitation – avaient-ils eu froid ? S'étaient-ils sentis fatigués ? – car ils avaient négligé de ranger « les osiers » comme le demandait courtoisement la petite pancarte de la réception.

Alain avait à son tour regagné sa chambre et allumé sans y penser le poste de télévision juché sur une jolie commode ancienne. C'était l'heure des jeux sur toutes les chaînes. Il avait coupé le son et s'était mis à rêvasser devant l'écran coloré et silencieux sur lequel s'agitaient des gens figés dans leur sourire.

Le vent s'était levé et soufflait fort dans les pins dont les longues branches fouettaient la façade. On entendait même le crissement des aiguilles griffant les volets de bois à demi clos. Alain avait fini par éteindre le poste. Il avait récupéré quelques journaux dans le hall et s'était mis à les survoler distraitement. Il éprouvait une sorte d'inquiétude que rien ne semblait justifier. Il était normal que deux octogénaires réveillés à l'aube et passablement excités par de joyeux événements fussent un peu las et désireux de garder leur chambre au lieu de courir la campagne ou d'arpenter la ville voisine. Dans le fond, il était un peu déçu de leur soudain manque de curiosité. Pézenas était à peine à quelques kilomètres et il avait pensé qu'ils s'y seraient précipités avec cette sorte d'avidité qu'ils manifestaient toujours à l'égard des vieilles pierres et de l'art. Il lui apparaissait soudain qu'ils étaient vieux. Chez eux, en ne bougeant qu'avec modération, en faisant de courtes virées dans la nature ou dans les petites villes avoisinantes, il oubliait leur âge. Non pas l'âge réel des anniversaires et de l'état civil mais celui, plus intime, de l'horloge intérieure. Il les avait toujours sentis solides. Vulnérables, mais solides. De cette solidité que donne une vie saine, sereine, sans efforts excessifs, sans malheurs accablants, sans soucis particuliers. Certes, malgré sa trompeuse complexion de maigre, René avait quelques problèmes sanguins qu'il fallait surveiller, et Clô accusait une fragilité osseuse qu'elle traitait « en mangeant du calcium » sous toutes ses formes. Pour le reste, tout fonctionnait à merveille. Surtout la tête, aimait à souligner Clô que sa rapidité mentale et sa vivacité intellectuelle remplissaient d'orgueil.

Qu'est-ce qui soudain avait fait pencher la balance de l'âge du côté de la vieillesse ? Pourquoi Alain se sentait-il tout à coup désemparé et seul dans cette demeure cossue fouettée par le vent ? Il lui fallait se rassurer, arrêter net sa dérive angoissée. Il eut une de ces visions d'horreur qui, désormais, hantaient plus ses jours que ses nuits. Une rue, des pins, un vent chaud du sud chargé de poussières et de pollens, et là, au milieu de la rue qui descend en pente forte vers la mer, une énorme flaque de sang sur laquelle se posent des mouches bourdonnantes et bleues.

Il chassa la vision, se passa la tête sous le lavabo, décida d'appeler les René pour organiser la soirée. Lorsqu'il perd pied, Alain se jette dans l'activité. En se comportant ainsi, il finit toujours par se sauver.

C'est Clô qui a répondu. Tout va bien. Ils ont eu un peu frais tout à l'heure. Alors ils sont rentrés. Ils regardaient la télé : ce que ces programmes peuvent être absurdes ! Clô finit malgré tout par avouer qu'elle a suivi un jeu de questions auxquelles elle a beaucoup mieux répondu que les candidats invités. Plus que de son savoir, non négligeable, elle est fière de sa mémoire. La voix joyeuse de la presque octogénaire rassure Alain. Non, ils n'ont pas envie de ressortir dîner ce soir. Le vent est bien trop fort, et le repas proposé par l'hôtelier promet d'être agréable. Ils ont déjà prévenu qu'ils dîneraient ici. Alain est d'accord, n'est-ce pas ?

Il acquiesce. Il est toujours d'accord, même si, ce soir, il avait envie d'aller ailleurs. Son malaise de tout à l'heure ne s'est pas totalement estompé. Il a l'impression que la flaque de sang de sa vision s'est imprimée sur sa rétine, un peu comme lorsqu'on regarde le soleil en face. « Le soleil se venge toujours », disait sa mère, quand, enfant, il jouait avec ses amis à celui qui ne clignera pas des yeux en regardant le plus longtemps possible la boule de feu. Leurs pupilles se couvraient alors de larmes et ils finissaient tous par battre des paupières. Il était toujours le dernier à lâcher prise. Une vraie tête de mule. Ensuite, il avait du mal à faire disparaître cette horrible tache qui recouvrait tout, qui persistait dans le noir et qui le hantait comme le fantôme vengeur d'un dieu sans clémence. Oui, le soleil se venge ; tout comme se venge le passé.

Le dîner fut sans surprise, un rien maussade. Clô ne fit aucune remarque sur le menu pourtant un peu lourd pour le régime de son époux. Une viande grillée, un poisson eussent mieux convenu que cet excellent ragoût de sanglier bourré d'épices. La charlotte aux fruits frais et à la crème chantilly du dessert n'arrangeait rien. René en avait mangé avec modération et avait renoncé à fumer l'un des cigares qu'Alain avait achetés pour lui dans l'après-midi. Il se réservait pour le lendemain.

Les René ne s'étaient pas attardés devant leur infusion de camomille. Clô avait regagné la première « leurs appartements ». C'était là son expression. Son époux était resté quelques minutes encore pour mettre la touche finale à l'organisation du lendemain. On irait à Pézenas le matin, pas avant dix heures. On y déjeunerait car il y avait tant de choses à voir sur place que le peu de temps avant midi ne suffirait pas à satisfaire leur curiosité. Ensuite, on rentrerait se reposer et se changer au château. Puis, vers vingt heures, on regagnerait le restaurant près de l'étang où était prévu un festin arrosé de champagne et illuminé de quatre-vingts bougies. Il fut convenu qu'on donnerait à Clô son cadeau au château. Elle n'aimerait pas ouvrir un paquet en public. Dans sa famille, la bienséance voulait qu'on n'ouvrît jamais les paquets en présence de ceux qui les offraient. Petite fille, elle avait souvent pesté d'impatience devant les somptueux emballages noués de satin qu'elle ne pouvait défaire que lorsque le dernier invité était parti. Il y en avait toujours un – oncle, tante, lointaine cousine pot de colle – qui s'attardait à la questionner, différant indéfiniment, lui semblait-il, l'heure merveilleuse où elle découvrirait enfin ces objets choisis à son intention. Il lui avait fallu des années pour reconnaître que ces cadeaux achetés, pour la plupart, dans l'indifférence d'une courtoisie bourgeoise, étaient moins magiques et attrayants que les papiers et les rubans dont on les parait.

On lui donnerait donc les jumelles ici. Mais on ne pouvait pas les lui offrir ainsi, sans cérémonie, en les déposant sur son lit ou au mieux sur le petit bureau coincé entre la fenêtre et le téléviseur. Alain demanderait donc à l'hôtelier la permission de disposer du petit salon au bout du couloir. On pourrait leur servir une coupe de champagne. Juste une, pour ne pas trop anticiper sur les fastes du dîner. Non, que M. René se rassure, Alain ne donnerait aucune explication au maître des lieux concernant sa requête. Il faudrait juste le prévenir qu'on ne dînerait pas demain.

Après que René a regagné sa chambre, le jeune homme est sorti dans le parc. Le vent s'était un peu calmé avec la nuit, mais l'air était encore très frais, presque froid. Il sentait contre sa cuisse la clef de la voiture glissée dans la poche de son pantalon. L'envie lui était venue d'aller faire un tour. Et c'est sans presque y penser qu'il s'était retrouvé à Pézenas, dans un bistrot bruyant, fréquenté par des hommes. Il y avait si longtemps qu'il n'avait pas entendu parler sa langue – celle des prières, des domestiques, de certains copains ; pas celle qu'il employait avec sa mère – qu'il fut presque surpris de comprendre les conversations de ses voisins. Il leur trouvait un accent étrange. Ils étaient agités, bavards, insouciants. Au terme d'une journée rude, ils se réunissaient là, certes loin de chez eux, mais, Alain en était sûr, avec au fond du cœur la pensée de refaire la longue route qui les séparait de ces lieux familiers où les attendait un père, une mère, une femme, une tombe…

Il avait payé très vite le café double qu'il avait bu au comptoir et il avait fui le bar. Mais au moment de sortir, il s'était retourné une dernière fois vers ces hommes chahuteurs et joyeux. Sans même s'en rendre compte, il les avait salués dans leur langue. Salut auquel ils avaient répondu sans même lever la tête. Qu'il parlât comme eux ne suffisait pas à le rendre proche. A leurs yeux, il était un étranger, un touriste. Un Français !

33

Ce fut un bel anniversaire et une heureuse journée. Alain, pourtant, sentait que l'heure fatidique des problèmes était proche. Mais il mit toute son énergie dans la bataille. Les quatre-vingts ans de Clô seraient inoubliables. Ils le furent.

Passons vite sur la visite de Pézenas que les René croyaient connaître ; qu'ils ne reconnaissaient plus, tant la ville, fleuron de l'architecture classique, longtemps abandonnée à sa crasse et à sa décadence avait été nettoyée, restaurée, réhabilitée. Ils parcouraient les rues tortueuses et en pente du centre historique avec une lenteur que n'expliquaient pas leur seule curiosité, leur désir de tout voir, de ne rien oublier. Sous le regard attentif et inquiet d'Alain, en ce matin de printemps doré, les René marchaient comme deux vieillards qui voulaient donner le change. Mais ils ne parvenaient pas à camoufler l'essoufflement presque permanent de René qui ne pouvait pas soutenir le rythme ordinaire de la marche. Clô qui ne voulait rien voir ni savoir des difficultés respiratoires de son mari – ce n'était vraiment pas le jour ! – s'arrêtait à tout propos devant les plus hideuses vitrines, dites artisanales, sous des prétextes aussi divers que fallacieux. Alain se demanderait longtemps si une telle attitude chez cette femme de tête à qui rien n'échappait relevait de l'amour, de la peur, de l'égoïsme. Ou des trois à la fois.

Ils s'étaient longuement attardés dans une boutique où l'on vendait à profusion des perles multicolores, présentées dans de grands sacs de toile de jute, semblables à ceux dans lesquels on enferme les pommes de terre. Le contraste entre le côté fruste et râpeux de la toile brune et celui lisse et coloré des perles avait quelque chose de très sensuel et de mystérieux. Quelques clients inventaient des colliers somptueux et fragiles qui, dans cette caverne d'Ali Baba moderne et bien éclairée, brillaient avec l'éclat des pierres les plus précieuses. Clô plongeait ses mains dans les sacs débordant et faisait ruisseler les perles d'un air émerveillé et sceptique à la fois. Rien pour elle ne rivaliserait jamais avec la beauté brûlante et glacée d'un diamant d'une eau parfaite et bleue ou avec une émeraude dont le vert étrange lui évoquerait toujours le regard de sorcière de son aïeule paternelle. Laquelle avait reçu de son époux, le jour de leurs noces, une parure de la couleur exacte et inquiétante de ses yeux.

Non, rien ne rivaliserait jamais avec ces bijoux qu'elle admirait, enfant, sur les femmes de sa famille et dont seulement quelques petites pièces sans grande valeur lui étaient revenues au titre de cet héritage scandaleux et inégal dont elle et ses frères avaient fait les frais. Et dire qu'en plus un voleur l'avait délestée d'une part, certes modeste, de ses joyaux... Le souvenir, à terme heureux, de ce cambriolage éclaira sa méditation.

Elle se tenait là immobile, le regard perdu, malaxant d'une main distraite des billes de verre et de terre cuite qui roulaient sous ses doigts avec un bruit léger de cascade. S'il avait eu encore quelque argent en poche, Alain aurait sans doute acheté deux ou trois grands sachets de ces perles lumineuses, mais le double *espresso* et les cigares avaient épuisé son maigre pécule. Plus tard, tandis qu'ils mangeaient une salade composée dans un bar qui installait quelques tables dans le coin ombragé d'un patio, le jeune homme s'était éclipsé, prétextant une course. Il avait cherché un distributeur de billets, avait tiré mille francs sur la carte des René, puis, sans plus y réfléchir, il était retourné dans la boutique aux perles et avait acheté pour trois cents francs de verroterie qu'il était allé porter dans le coffre de la voiture. Ce soir, avec le champagne, il offrirait à Clô une grande coupe de perles en guise d'apéritif.

Après le déjeuner, pourtant léger, René avait demandé à regagner le château. Ce soir, on allait veiller, il fallait être en forme. Clô n'avait rien objecté à sa proposition. Elle voulait poursuivre la lecture d'un livre passionnant, un *thriller* anglais, qu'elle lisait dans le texte. Alain les avait reconduits, mais il n'avait pas rangé la voiture au parking. Pouvait-il l'utiliser encore un peu ? Les René avaient protesté devant sa demande, à leurs yeux inutile, voire idiote. Cette auto était à lui, plus encore qu'à eux. Il était, en tout cas, le seul à pouvoir en profiter. Combien de fois faudrait-il le lui répéter ?

Il avait remercié et avait aussitôt pris le large. Retour à Pézenas. Il s'était garé dans la ville basse et avait rejoint à pied les vieux quartiers à la recherche de ce bar où, la veille au soir, il était entré boire un café. Il était sûr de ne pas être passé devant tout à l'heure avec les René. Il lui restait donc à explorer les coins qu'il n'avait pas visités avec ses hôtes. Il avait erré un bon quart d'heure à travers des rues sombres et étroites bordées d'immeubles non rénovés dont les balcons croulaient sous les draps et le linge à sécher. L'air sentait l'huile d'olive, la coriandre fraîche, la graisse de mouton et le jasmin. Peu de gens dans les rues. Quelques femmes aux cheveux colorés de henné, au regard bordé de khôl. Elles marchaient vite avec ce balancement de hanches des filles enjuponnées des rives de la Méditerranée. Alain avait envie de les suivre, de les entendre, mais elles ne s'attardaient pas. Elles avaient l'air de ne pas le voir. Non pas au nom d'une pudeur quelconque, mais parce que, pour elles, il ressemblait à n'importe quel touriste égaré dans ces quartiers où il n'y a rien à voir. Les touristes se détournent de l'effrayante pauvreté des pays riches et s'extasient devant la misère si belle des pays exotiques du bout du monde qu'ils visitent en tour opérator.

Le bistrot était fermé. Il n'ouvrait que le soir. Sans doute à l'heure où les hommes venaient boire, en sortant du travail, de chez eux ou d'autres lieux où ils passaient le temps dans l'espoir de retrouver ce boulot qu'ils ôtaient de la bouche des vrais Français, comme on ne cessait de le leur dire ou plutôt de le leur cracher au visage.

Deux gamins jouaient avec une vieille planche à roulettes. Ils avaient ces yeux immenses d'un noir de bottine vernie des enfants arabes. Ils s'apostrophaient avec la violence ordinaire des jeunes toujours au bord de la dispute. Ils s'exprimaient dans un français argotique – « Allez z'y va ! » – et avec cet accent qui chante, du Midi. Alain s'était approché d'eux. Ils l'avaient regardé avec méfiance. Puis, il leur avait dit bonjour et comment tu t'appelles. Enfin, quelque chose d'approchant. Les gamins l'avaient regardé, interloqués. Visiblement, ils ne comprenaient rien à ce que leur disait ce bourgeois bien mis. Ils lui avaient carrément tourné le dos.

Plus tard, il était repassé par la même rue. Le bistrot était encore fermé mais les garçons traînaient toujours dans la rue. Alors, ils s'étaient approchés de lui et, dans leur français argotique, lui avaient demandé de l'argent. Il n'en croyait pas ses oreilles. Devant son air étonné, ils avaient insisté en frottant le majeur et le pouce l'un contre l'autre. Ils avaient dit fric, *money* et puis, au prix d'un effort visible, ils avaient fini par articuler : *drahem*, *flouss*, argent en arabe.

Alain avait souri et sorti un billet de deux cents francs de sa poche. Puis il était parti sans se retourner, vaguement gêné à la pensée qu'une mère, une sœur ou un frère caché derrière les rideaux puisse venir l'insulter, le traiter de pédéraste, de souteneur. Il avait accéléré le pas et quitté le vieux Pézenas presque en courant.

La suite ne serait que fête. Le champagne fut servi frais mais pas frappé dans le salon dont les fenêtres ouvraient sur le jardin d'hiver. Les jumelles avaient laissé Clô sans voix. Elle étreignait les deux hommes avec une égale émotion murmurant à l'oreille de l'un : « Mon vieux compagnon, mon compère, mon aimé », et de l'autre : « Alain, vous êtes notre joie de vivre, notre ultime jeunesse. » La coupe pleine de perles déchaîna des « oh ! » et des « ah ! » d'admiration. Puis l'on était parti pour les rives de l'étang de Thau, ce soir il était de ce violet profond qui, dit-on, annonce les tempêtes.

Tout était délicieux, divin, savoureux, parfait. On avait mangé lentement, des fruits de mer, et bu sans grande modération des vins blancs de Loire au bouquet de fruits noirs et de violette. Il n'y avait pas quatre-vingts bougies sur le gâteau par simple galanterie, mais un nombre suffisant de flammes pour que l'instant où un serveur discret éteindrait les lumières fût magique.

Les yeux de Clô brillaient si fort qu'on les eût dits remplis de larmes. René avait allumé un cigare et jouait à son jeu favori. Mais un geste brusque, un faux mouvement, avait fait choir la cendre déjà longue – ce n'est pas ce soir qu'il battrait son record – sur la nappe blanche. Il avait grommelé quelques mots dont ni Clô ni Alain n'auraient su dire s'ils étaient d'excuses, d'injure ou de protestation.

Il ne restait plus personne dans la salle de restaurant lorsqu'ils s'étaient levés pour regagner le château. Clô titubait un peu, ivre de joie, de vin et, aussi, de fatigue. Elle ne veillait jamais aussi tard. René avait un visage congestionné mais heureux. Seuls ses yeux, vaguement vitreux, dénonçaient chez lui le malaise. Alain les avait pris l'un et l'autre par le bras et, à petits pas, ils avaient traversé la terrasse puis le parking au sol inégal, tournant le dos à l'étang dont la surface à présent noire réfléchissait comme un miroir les lumières de ses berges habitées.

Cette nuit-là, quelques heures à peine après leur retour, René fit un malaise cardiaque dont il ne dit rien à personne. Une brusque douleur lui avait traversé la poitrine, et dans le silence de leur chambre, il avait senti son cœur l'abandonner. Au matin, et après avoir absorbé quelques cachets prescrits par son médecin en cas d'alerte – celle-ci n'était pas la première –, la douleur s'était atténuée. Aussi avait-il cru bon de taire sa fatigue. Il avait refusé le petit déjeuner sous prétexte qu'il avait trop mangé et surtout trop bu la veille au soir. Encore plongée dans l'émerveillement de sa fête, Clô, que le manque d'appétit de son époux ne troublait pas, dévorait en silence et avec gourmandise petits pains et croissants.

Tous deux n'avaient plus envie, pour des raisons diverses, de s'attarder ici. Elle voulait rester sur l'enchantement de la veille, le rouler dans sa mémoire comme la mer un caillou précieux. René comptait appeler son médecin au plus vite pour se rassurer. Bien malin qui aurait pu dire quelles étaient les pensées d'Alain à l'heure du retour. Il conduisait en silence, concentré sur sa seule conduite. Seule la tension un peu trop forte de sa mâchoire contractée dénonçait chez lui une inquiétude. Mais tout à leurs rêveries diverses, les René n'avaient rien remarqué.

34

Les lendemains de fête sont toujours désenchantés. Ils avaient retrouvé Uzès et l'appartement de la place aux Herbes avec une certaine mélancolie qui s'était vite transformée en exaspération lorsque Clô avait découvert que sa machine à laver le linge était en panne, et que le chat des voisins était venu souiller leur tapis de douche en passant par la fenêtre de la salle de bains restée, par mégarde, entrouverte. L'odeur douceâtre et insistante de l'urine du chat qui avait, sans encombre, regagné ses pénates en toute impunité, envahissait toute la pièce et débordait même dans le salon attenant. C'était « écœurant ! écœurant ! » répétait Clô que le retour au quotidien accablait.

Alain avait proposé de regarder la machine. Il n'était pas très doué en mécanique, mais peut-être ne s'agissait-il que d'un problème léger, un simple blocage. Il avait aussi suggéré à Clô de mettre le tapis à tremper dans le fond de la baignoire avec une lessive forte et parfumée. Il se chargerait lui-même de le rincer. Il s'était retenu de raconter une histoire semblable survenue chez ses parents. Pourtant, il se rappelait encore les hurlements des jeunes bonnes poursuivant l'énorme matou des voisins venu soulager sa vessie sur le tapis que sa mère installait dans le patio, dès les premiers jours du printemps.

Elle aimait s'allonger près du jasmin, sur la laine soyeuse et rase, semée de coussins, et lire en attendant que ses hommes et ses filles rentrent du travail ou de l'école. Dégoûtées par l'odeur, les jeunes bonnes se disputaient pour ne pas être de corvée de nettoyage. Alors il s'était sacrifié, pour faire plaisir à sa mère, se faire bien voir des petites servantes, se faire pardonner d'être rentré bien trop tard, d'avoir fumé de l'herbe dans sa chambre… Il ne savait plus bien. C'était si loin tout cela. Ce bonheur paisible que troublait un chat effronté. C'était avant…

Clô n'avait rien remarqué de sa nostalgie soudaine, trop soulagée de lui abandonner les deux corvées. Que ferait-elle sans lui ? Elle en revenait toujours à cela : que ferait-elle sans lui ?

D'autant que René s'était mis aux abonnés absents. Il est vrai que, depuis quelque temps, il n'avait pas bonne mine, il avait l'air fatigué. Il mange et boit trop, avait pensé Clô, que cette affirmation hâtive ne parvenait pas à rassurer complètement. Il l'avait prévenue qu'il sortirait dans l'après-midi faire un tour ou une course. Elle l'avait écouté d'une oreille distraite. L'essentiel à retenir étant qu'il sortait. Ça ne pouvait que lui faire du bien. Elle chassa comme on chasse une mouche, avec agacement, une idée soudaine qui la traversait comme un éclair : il est beaucoup sorti ces temps derniers avec nous et pourtant… Non, elle n'allait pas se remettre à s'inquiéter pour un oui pour un non, comme n'importe quelle femme au foyer qui s'ennuie. Elle avait passé l'âge. A quatre-vingts ans, on prend la vie comme elle vient.

Elle s'était installée derrière son petit bureau au salon, ses jumelles posées tout près d'elle, et elle avait fait le tri des lettres arrivées en leur absence. Quelques factures, des relevés bancaires et des vœux d'anniversaire expédiés par la parentèle.

On aurait dit qu'ils s'étaient donné le mot, ils avaient tous envoyé les mêmes cartes postales représentant des tableaux célèbres ou des photos d'art. Il y avait même deux doublets. Une sainte Victoire peinte par Cézanne et une rue de Paris photographiée par Ronnis. Les mots écrits étaient aussi tous semblables, plus dictés par la bienséance, l'usage, que par le cœur, constatait Clô sans la moindre indulgence. Puis elle s'était prise à penser : « S'ils savaient, mais s'ils savaient... »

Par malheur, ils savaient déjà. Pas tout, mais presque. Enfin, ils avaient mené leur enquête. Quelques coups de fil aux soi-disant amis, aux voisins. Ils guettaient dans l'ombre. Ils ne tarderaient pas à fondre sur leurs proies.

Le médecin que René était allé consulter sans en parler à son épouse ni à Alain – il préférait affronter seul les mauvaises nouvelles, et, dans le fond, il savait qu'elles ne seraient pas bonnes – avait rendu un verdict pessimiste. Ce qu'il décrivait comme un simple malaise passager – il s'était bien gardé de tout dire – pouvait être une chose plus grave, un début d'infarctus. Ce serait donc le second... Non, s'obstinait René, ce n'était pas un infarctus, ce n'étaient pas les symptômes de l'infarctus, mais il voulait tout de même qu'on lui prescrive des remèdes pour fluidifier son sang trop épais. C'était cela son vrai problème, son sang qui s'épaississait même lorsqu'il n'avalait que de l'eau pure.

Impassible, obstiné, le médecin avait vérifié sur la fiche la date de naissance de son vieux patient. Un électrocardiogramme était vraiment nécessaire. En soi, l'examen n'avait rien de douloureux. Ce qu'on y découvrirait en revanche... M. René ne voulait pas en entendre parler. A son âge, il était normal qu'il souhaitât la paix et le confort d'un traitement léger. Il le lui avait donc prescrit, en renforçant les doses. En cas d'infarctus, cela ne servirait pas à grand-chose. Quoi qu'il en soit, rien ne parviendrait à guérir son cœur fatigué. En le reconduisant vers la sortie, le médecin lui avait dit, sur le ton de la plaisanterie : « Vous essayez d'éviter les havanes, ces temps-ci. » René avait souri, sans illusion. On verrait bien.

Puis il était rentré à pas lents, plus pour différer ses retrouvailles avec Clô, dont il craignait le regard perspicace, que par réelle gêne respiratoire. Depuis leur retour, il respirait mieux, se sentait moins oppressé. Les médicaments absorbés à haute dose avaient donc eu quelque effet.

Les trois jours suivants s'étaient déroulés sans histoire. René avait repris avec Clô la rédaction de l'article sur le merle bleu, ils comptaient terminer leur premier jet d'ici une petite semaine. Ils avaient livré quelques pages à Alain qui avait promis de les mettre en forme dès qu'il aurait tout le texte. Cette perspective l'amusait beaucoup. Ce serait sa première nouvelle. Pour lui, réécrire les aventures du merle bleu, c'était, à tout point de vue, de la fiction. Il avait même fini par se dire que cet oiseau et lui avaient bien des aspects communs. La solitude, l'art de se dissimuler au regard des autres, les lieux de prédilection. Il aurait aimé pouvoir interroger les René sur les autres lieux de leur *Monticola solitarius*. Plus exactement, il aurait voulu savoir s'il nichait aussi dans son pays. Les paysages secs, de garrigue, de maquis et de pierres que décrivaient ses hôtes ressemblaient beaucoup à ceux de son enfance. Il avait même rêvé, par une nuit de sommeil presque paisible, qu'ils partaient tous les trois à la recherche de merles bleus dans les monts ravinés où avaient vécu ses aïeux. Mais il s'était réveillé tremblant et fiévreux, sûr d'avoir été suivi jusqu'au creux de son rêve, par ces tueurs aux mille visages qui se réclament de Dieu.

Au matin du quatrième jour, le téléphone avait sonné vers onze heures. Clô était au marché, René enfermé dans son bureau faisait la sourde oreille. Alain avait fini par décrocher. Il avait dit : « Allô. » Au bout du fil, il n'y avait que le silence et un bruit léger de respiration. Puis son correspondant silencieux avait raccroché. La scène s'était répétée une deuxième, puis une troisième fois à cinq minutes d'intervalle. Alain avait l'impression troublante que les trois respirations étaient différentes. Qu'il s'agissait de trois personnes distinctes testant le même numéro. Avant qu'un quatrième larron ne sonne à nouveau, il était allé frapper à la porte de René pour l'avertir du manège. Il penserait sans doute comme lui que les neveux complotaient ensemble. Étrange qu'à aucun moment il n'ait eu l'idée que le correspondant sans voix fût un éventuel cambrioleur.

René s'obstinait à ne pas répondre. Il fallait frapper plus fort, peut-être s'était-il assoupi. Il cognait du poing, faisant un raffut du diable lorsque la sonnerie s'était à nouveau mise à retentir et que s'ouvrait la porte devant une Clô chargée de sacs à provisions et d'un énorme bouquet de fleurs de jardin.

Longtemps après, il reverrait encore le visage étonné mais souriant de la vieille dame derrière ses grandes fleurs bleues et roses, les yeux écarquillés, les épaules remontées, comme pour protéger ses oreilles de tout ce vacarme. C'est, se répéterait-il plus tard à lui-même, la dernière fois qu'il l'avait vue heureuse, agressée par le bruit, étonnée, mais heureuse. Tout ce qui allait suivre appartiendrait à un autre temps, à un autre monde. Il ne savait pas encore que devant cette porte close, voulant ignorer cette quatrième sonnerie, Clô et lui se tenaient sur le seuil du paradis qu'ils allaient bientôt perdre et sur celui de l'enfer dans lequel ils allaient plonger. Posant bouquet et paquets à même le sol, Clô avait rejoint Alain et ouvert à la volée la porte du bureau de René. Il était assis dans son grand fauteuil, dos à demi tourné à ses visiteurs. A ses pieds avait glissé un gros volume relié : un manuel d'ornithologie. Le poste de radio diffusait en sourdine une musique douce. Yeux et bouche ouverts, la tête rejetée en arrière et maintenue par le haut dossier, René reposait en paix.

Clô avait poussé un cri. Un seul. Elle avait compris tout de suite. Son vieux compagnon l'avait quittée. Alain qui ne voulait pas croire à ce qu'il voyait répétait : non, non, non, comme pour lui seul. C'est pourtant lui dont tout le corps refusait cette mort soudaine qui s'était précipité pour retenir Clô. Livide et soudain muette, elle s'était jetée au sol, enserrant les jambes raidies de son époux avec ce regard vide de démente qui ne la quitterait plus jamais.

Lorsque le médecin était venu constater le décès, Alain avait d'abord pensé s'éclipser. Aux yeux de la loi, il n'était personne pour ce vieux couple détruit. Mais devant le mutisme de Clô, son incapacité à réagir, cet état d'hébétude dans lequel elle avait sombré, il lui avait administré le sédatif prescrit par le docteur auquel il s'était simplement présenté comme leur secrétaire. Puis il avait filé à la mairie déclarer le décès.

Il faudrait encore attendre quelques jours pour que les neveux débarquent.

DEUXIÈME PARTIE

Hiver

35

Lorsqu'il m'arrive de l'observer de loin, depuis la fenêtre de la salle de soins, par exemple, j'éprouve toujours ce même trouble, comme si, à sa seule vue, la tête me tournait. Pourtant, j'ai l'habitude, vous savez. Depuis quinze ans que je travaille dans cette unité qui accueille des vieillards au cerveau fatigué, j'ai appris à maîtriser mes émotions. A sourire en toute circonstance. Mais elle, voyez-vous, ce n'est pas tout à fait pareil. Elle, c'est une grande dame perdue dans un rêve dont elle ne veut ni ne peut plus sortir. Non, elle n'est pas débile, ni ramollie, ni même frappée de cette folie douce dont souffrent bon nombre de nos pensionnaires. Une folie charmante qui les rend bavards, qui leur fait vous raconter par le menu les mille et une histoires de leur existence entre cinq et dix ans. Après, plus rien, le brouillard, l'invention, le désordre. Elle, comment la définir ? Comment exprimer cette sorte de stupeur dont elle est frappée et qui la rend muette ? Elle est comme un arbre pris en glace, comme une feuille que le givre a surprise et qui reste là, raide et embellie par cette gangue transparente et gelée qui la pare et la tue à la fois.

Elle est arrivée il y a près de six mois, le 20 juillet dernier, pour être précise. Je m'en souviens comme si c'était hier. Il faisait un temps merveilleux, ensoleillé, mais pas trop chaud pour la saison. Un temps idéal pour nos pensionnaires dont les grands froids ou les fortes chaleurs déciment les rangs avec une régularité implacable. Un couple d'une cinquantaine d'années – de vrais bourgeois en BMW – l'accompagnait. J'ai tout de suite remarqué qu'ils venaient ici se débarrasser d'un fardeau. Ils ne lui témoignaient aucune espèce de tendresse. Ils la bousculaient même un peu pour la faire avancer plus vite et rejoindre dans le jardin les bancs de bois où s'assoient les plus valides de nos pensionnaires. C'est l'homme qui est allé au guichet des inscriptions. La femme se tenait deux pas derrière lui et poussait du bout du pied une grosse valise en cuir tabac qui glissait en chuintant sur le marbre luisant de l'entrée.

Je me suis tout de suite dit que ces deux-là n'étaient sûrement pas ses enfants. D'abord, ils n'avaient pas sa classe et puis, leur indifférence... Enfin, pour être juste, il y a aussi des enfants légitimes qui se comportent de la même manière. Mais je veux penser qu'ils sont rares. Pour exercer ce métier d'infirmière en gériatrie section psychiatrie, j'ai besoin de croire à quelques valeurs. Comme la tendresse filiale. Et je puis vous assurer que, dans le comportement de ce couple, on ne pouvait pas en déceler la moindre trace. Pis encore, lorsqu'ils la regardaient, je lisais de la fureur dans leurs yeux. Oui, c'est cela, ils étaient furieux, furibards, même. Je ne savais pas encore pourquoi. J'ai mis plusieurs mois à l'apprendre. Depuis que je sais presque tout de l'histoire de Mme Clô, j'éprouve une véritable haine à l'égard de ces gens qui, en cet après-midi si doux de juillet, sont venus la conduire chez nous, l'abandonner.

Outre son allure – une vraie dame avec sa jupe plissée, ses cheveux courts et blancs retenus par des barrettes juste derrière les oreilles, son chemisier impeccable, et ce port de tête que bien des plus jeunes lui envieraient –, la nouvelle me fascinait par son absence de regard. Non, elle ne fermait pas les yeux, elle n'avait pas non plus les pupilles vides de bon nombre de nos pensionnaires. Elle regardait sans ciller un point abstrait de l'horizon qu'elle continue à fixer avec la même obstination ou la même constance. Comme si rien, ni les gens ni les choses qui l'entourent, ne méritait la moindre attention de sa part. Comme si sa vie s'était arrêtée quelque part en un lieu qu'elle avait dû quitter et dont seul son corps demeurerait éloigné. Je me suis souvenue du vocabulaire des Précieuses dont Molière se moquait et qui appelaient les yeux « les miroirs de l'âme ». Il m'a semblé que les yeux de Mme Clô reflétaient son âme qui, elle, voguait à des lieues d'ici en compagnie d'autres âmes chères auxquelles la mort et sa famille l'avaient à jamais arrachée.

Ce jour-là de juillet, le couple à la BMW est sorti la chercher dans le jardin, abandonnant comme une épave la grosse valise de cuir tabac dans le hall. Peu après, une des employées de la clinique est allée la prendre et l'a montée, non sans problème, à l'étage. C'est là qu'était la chambre double qu'on avait réservée à la nouvelle. L'autre dame avec laquelle elle partagerait sa fin de vie était partie passer quelques jours chez les siens. Mme Clô n'aurait que plus tard le choc de la promiscuité. Je m'étais dit alors, non sans naïveté : ça tombe bien, elle aura le temps de se faire à l'idée de vivre avec une autre. Mais, en fait, tout avait été calculé par le couple et les autres neveux qui les avaient mandatés. Il n'était pas question de laisser la vieille dame gaspiller son argent à financer une chambre individuelle. Car, bien entendu, c'était elle qui payait. Elle en avait les moyens. Alors, ils avaient appelé le directeur de la clinique et combiné avec lui cet arrangement qui évitait les drames dès le premier jour. Lorsque l'autre reviendrait, ils seraient loin. Et, de toute façon, c'est eux qui avaient désormais la signature de son chéquier. Elle avait été mise sous tutelle. Cela, en revanche, ne m'a ni étonnée ni chagrinée. Il en est ainsi pour la plupart de nos vieux qui perdent la tête.

Je n'ai pas tout de suite compris qu'elle différait aussi des autres de ce point de vue-là. Elle ne perdait pas la tête. Son problème était autre. Elle faisait la grève de la vie. Refusait de parler, de fixer son attention sur les personnes environnantes. Elle habitait mentalement une île déserte, à des lieues de nous tous. Plus tard, elle a entrouvert la porte pour que je puisse me glisser par instants dans son monde. Je ne lui ai jamais demandé de me parler, je n'ai pas insisté pour qu'elle accepte ma présence. Mais elle l'a fait, à son rythme. Lorsqu'il m'arrive de croiser son regard qui désormais se tourne parfois vers moi au moment difficile des soins, je sais qu'elle sollicite ma compagnie. Il n'est jamais question de confidences entre nous, ni même de véritable conversation. De cela, je crois, elle n'est plus capable. Elle ressemble à ces nonnes qui ont fait vœu de silence pour se rapprocher de Dieu. Elle, elle tente de rester proche des deux hommes qui l'ont quittée, l'un au printemps, l'autre au tout début de l'été. Mais cela, je l'ai appris il y a peu, et il serait faux de dire que je l'ai découvert toute seule. J'ai mené l'enquête, parce que tout ce qui arrivait jusqu'à moi, tout ce que je percevais, que j'éprouvais – la rumeur, le courrier, les coups de fil, ma tendresse à son égard, son mutisme –, tout me poussait à chercher et à comprendre l'origine de ce drame qui l'avait conduite chez nous et qui n'était pas seulement imputable à cet autre drame, réel mais inéluctable, qu'est la vieillesse.

36

Lorsque je me suis rendue dans sa chambre, le soir même de son arrivée, pour prendre sa tension et lui apporter dans un gobelet les quelques médicaments prescrits par son médecin traitant – pas grand-chose, une aspirine pour fluidifier le sang et un demi-Lexomil pour l'aider à se détendre –, j'ai été frappée par la manière dont elle s'était installée. Elle n'avait pas touché à ses vêtements qui gisaient, en désordre, dans la valise restée ouverte à même le plancher, en revanche, elle avait sorti et posé près d'elle, sur son chevet, une paire de jumelles chromées et gainées de cuir, une petite merveille sans nul doute coûteuse, et une chemise de carton bleue portant la mention *Monticola solitarius.*

J'ai fait du latin au cours de mes lointaines études, mais mes connaissances médiocres que le temps a encore amoindries ne m'aidaient en rien à comprendre ces deux mots mystérieux. Sans doute aurais-je pu attendre qu'elle soit endormie pour jeter un œil sur le contenu de la chemise. Mais l'idée, qui m'a effleurée, je vous l'avoue, m'a semblé aussitôt honteuse, indigne. Si elle le souhaitait, elle m'éclairerait elle-même.

Ce qui était vraiment étrange dans sa manière de prendre possession de ce lieu si impersonnel, c'est qu'à l'inverse de la plupart de nos pensionnaires, elle n'avait pas exposé la moindre photographie. Je dis « exposé » car ce jour-là c'est exactement le mot qui m'est venu à l'esprit. Je pensais encore qu'elle avait peut-être emporté des photos dans son sac à main ou dans le fond de sa valise, mais sans doute ne souhaitait-elle pas que d'autres les voient.

J'ai vite compris qu'il n'en était rien. Les images des gens aimés, elle les avait dans sa tête, dans son cœur. Pour les mots, c'était autre chose. Mais cela j'en ai pris conscience plus tard, lorsqu'elle m'a elle-même tendu la chemise bleue et que j'ai pu lire l'introduction au texte inachevé qu'elle contenait. Un texte écrit à six mains, disait l'avant-propos rédigé à la plume et à l'encre par, m'a-t-il semblé, feu son époux. Le reste, soit plusieurs feuillets, avait été tapé sur ordinateur.

La page manuscrite racontait la genèse de l'article, c'est ainsi qu'était nommé le texte. Il y était dit en bref que Mme Clô, ici nommée Claude, et son époux avaient commencé seuls à travailler sur le merle bleu, suivait entre parenthèses le nom latin de l'oiseau, *Monticola solitarius.* Je n'aurais jamais trouvé ça toute seule. L'article leur avait été commandé par une société d'ornithologie du Gard à laquelle ils avaient dédié leur travail. Il était ensuite question de l'arrivée d'un tiers, Alain Rachet, écrivain, qui avait collaboré à la mise en forme finale. Le rédacteur précisait aussi que ce M. Rachet avait permis de reprendre, dans la campagne éloignée et aride où il niche, l'observation de cet oiseau.

Je ne savais pas grand-chose de l'activité professionnelle antérieure de la patiente. J'ignorais même si elle en avait eu une. Les femmes de son âge et de son rang ont souvent renoncé à travailler. Aussi, sans penser à son mutisme – au bout d'une semaine parmi nous elle n'avait pas prononcé le moindre mot alors qu'à l'évidence, elle n'était pas sourde –, je lui ai demandé, non sans naïveté, au terme de ma brève lecture :

– Votre mari et vous, vous vous occupiez d'oiseaux ?

D'une voix rauque, voilée par un aussi long silence, elle m'a dit :

– René, mon époux, est ornithologue. Moi, je l'assiste.

Il ne fallait surtout pas briser le lien ténu de ces courtes phrases jetées comme un pont entre elle et moi. Elle et le monde étranger que je représentais sans doute à ses yeux.

J'ai enchaîné.

– Et Alain Rachet ?

– Alain, lui, c'est un poète et un magicien.

Sur ces mots, elle s'est comme évanouie dans un rêve où personne d'autre qu'elle et ses souvenirs n'avaient de place. Il était inutile d'insister. Elle ne dirait plus rien.

Mais le lendemain matin, quand je suis entrée dans sa chambre, j'ai su aussitôt que je pourrais reprendre la conversation de la veille. Elle était assise dans le lit, le dos calé sur les deux coussins. Les lunettes en équilibre instable sur le bout du nez, elle parcourait les pages de son manuscrit. Lorsque je me suis approchée d'elle, j'ai vu que ses yeux étaient fermés. Elle ne lisait pas le texte, elle le récitait. Elle le connaissait par cœur.

Je suis restée debout au pied de son lit. J'ai attendu qu'elle ait terminé sa page. Elle a ouvert les yeux, refermé la chemise, et elle m'a souri. J'étais si émue par ce sourire que j'ai senti ma gorge se serrer. Elle m'a dit :

– C'est un beau texte, n'est-ce pas ? Ce sera notre dernier. Il n'y en aura jamais d'autre. Hélas, il est inachevé. Il manque au moins un chapitre. René n'aimerait pas ça. Mais c'est ainsi. Sans lui, sans Alain, je ne peux plus. Et ils ne sont plus là.

Dans son esprit, les deux hommes étaient partis ensemble. Elle ne prononcerait jamais le mot « décédé », « disparu », ni « mort ».

Pour la tirer de cette tristesse qui soudain s'était emparée d'elle, je lui ai demandé :

– Vous n'avez pas de photo de votre époux ou de M. Rachet ?

Elle n'a rien répondu, elle s'est contentée de prendre un petit air de dégoût et de hocher la tête. Sa mimique disait : non, pas de ça ! Il m'a semblé que c'était sa manière de refuser la mort. Elle me l'a confirmé par la suite. Pour elle, les photos n'étaient là que pour dire l'absence, la fin. Les gens qu'on aime, qu'on aimera toujours, on les porte en soi. On peut les convoquer à n'importe quel moment, le jour comme la nuit. Et si on les aime vraiment, ils nous apparaissent. Non pas figés comme sur une image, mais comme ils étaient de leur vivant, parfois tristes, parfois gais, parfois en colère, toujours en mouvement.

Une autre fois, quelques jours plus tard, alors que j'avais déjà lu la presque intégralité de l'article qu'elle me livrait page par page, elle m'a demandé à brûle-pourpoint :

– Lisez-vous les journaux ?

J'ai répondu : oui, lorsque j'ai le temps. Pas tous les jours, en somme. Mais cela m'arrive et j'aime bien ça. En réalité, je ne comprenais pas bien à quoi rimait sa question. Je l'imaginais mal me demandant de lui acheter la presse, elle qui avait fait mine de ne pas comprendre la bibliothécaire qui vient deux fois par semaine visiter nos personnes âgées pour leur proposer des livres faciles, des histoires d'amours exemplaires, des romans historiques. Celle-ci avait insisté : lire lui ferait du bien, la mettrait en contact avec le monde. Elle aimait bien lire avant, n'est-ce pas ? C'est en tout cas ce qu'avaient marqué les siens sur la fiche d'admission dans l'établissement.

Mme Clô avait gardé son air absent pendant tout l'entretien, m'avait dit la bibliothécaire que cette pensionnaire inquiétait. Je lui avais demandé d'être patiente. Un jour peut-être… Pour l'instant, mieux valait ne pas insister.

Devant mon regard perplexe, Mme Clô, qui semblait lire dans mes pensées, avait ajouté :

– Non, je ne tiens pas à ce que vous achetiez les journaux pour moi. Et si je veux un livre, ce ne sera sûrement pas un de ceux que me propose votre marchande d'histoires qui a l'air de croire que, parce qu'on est vieux, on doit forcément s'abêtir à lire des sottises. Ce que je vous demande est plus délicat, plus personnel.

Elle butait sur quelque chose, et je ne savais pas comment l'aider. J'avais peur de l'effrayer. Comprenez-moi, la confiance qu'elle me témoigne tient du miracle. Je n'ai jamais été sûre de la mériter.

Je me suis assise près de son lit, et j'ai attendu, en lui souriant. Je voulais lui donner l'impression d'avoir tout mon temps. Elle a fini par reprendre :

– Vous serait-il possible de consulter les archives du journal local, les numéros des deux mois précédents ? Juin et juillet. Je crois qu'il y est question de notre ami Alain Rachet. Enfin, c'est ce que j'ai cru comprendre. Ne me demandez pas de vous donner une explication. Je m'en sens incapable. Mais j'ai besoin de savoir. Je ne veux pas non plus que vous m'apportiez les articles, si, comme je le crois, ils existent. Je voudrais que vous les lisiez. Un jour, lorsque j'en aurai la force, je vous demanderai peut-être de m'en résumer l'argument.

Le lendemain était mon jour de repos. J'avais envisagé de faire du rangement, un peu de ménage, de sortir les affaires d'automne et de ranger celles d'été. Les premières pluies me rendent toujours frileuse. Je n'ai rien fait de tout cela. J'ai pris ma voiture, je suis passée au garage faire le plein et j'ai filé à Montpellier. Si articles il y avait, je les trouverais dans le *Midi libre*.

Ce même jour, alors que je roulais vers le siège du journal, la voisine de chambre de Mme Clô venait reprendre sa place parmi nous. Il me faudrait attendre des semaines, en réalité trente-quatre jours, pour pouvoir reparler avec ma pensionnaire. Au terme de ce long temps de silence absolu et buté de la vieille dame qui, comme je l'avais imaginé, ne tolérait pas la promiscuité, la voisine, dans un état désespéré, a été transférée dans un hôpital voisin. Je savais que jusqu'à sa mort son lit ne serait plus réutilisé. Restait à prier le ciel pour qu'elle meure le plus tard possible.

37

C'était la première fois que je menais une recherche de ce genre. Mes études m'ont éloignée des bibliothèques qu'il m'arrivait de fréquenter lorsque j'étais élève. J'aimais pourtant ces après-midi à traîner entre les rayonnages, à grignoter de-ci de-là entre les pages des volumes austères. Personne ne savait combien derrière la façade de ces journées studieuses, pouvait se glisser un inracontable plaisir. Sans doute aurais-je aimé être chercheur ou simplement rat de bibliothèque. Mais voilà, la vie en a décidé autrement. Je ne regrette rien. A défaut de pouvoir lire des livres, j'ai appris à lire des gens. Je me persuade que c'est plus utile. Je n'en suis pas toujours très sûre. Mais c'est une autre histoire.

Lorsqu'on m'a apporté sur un chariot les deux mois du quotidien, j'ai pris conscience de la difficulté de la tâche. Je ne savais ni par où commencer, ni où regarder. Dans quelle rubrique. Je savais seulement que Mme Clô avait vécu à Uzès. J'avais donc demandé l'édition du Gard sur toute la période.

Un journal, c'est comme un croissant. On doit le consommer tout chaud. Les tirages qu'on me présentait n'avaient plus d'odeur. Ils ne sentaient ni l'encre fraîche ni le papier. Ils étaient morts. Vaguement poussiéreux et morts. La plupart des titres des « unes » concernaient la préparation d'un été touristique dont les premières pluies d'automne balayaient jusqu'au souvenir. Il y était beaucoup question de plages, de pollution. L'intérieur ne valait guère mieux. Concours de pétanque, critériums cyclistes... Inauguration de maisons de retraite, soirées chic. J'imaginais que je ne trouverais mon miel ni dans les pages des sports ni dans les rubriques politiques. Il me fallait fixer mon attention sur les colonnes consacrées à la vie régionale et sur le carnet.

J'ai failli bondir de joie en découvrant en date du 4 juin l'avis de décès de M. René. Un avis sobre, surprenant. Pas un membre de la famille autre que la veuve ne faisait part. Seul apparaissait le nom d'Alain Rachet derrière celui de Mme Clô.

Mme Claude Pernet
M. Alain Rachet
ont la douleur de vous faire part du décès de leur époux et ami René Pernet survenu à Uzès le 30 mai...

Suivait un autre avis émanant de la société d'ornithologie du Gard qui rappelait l'importance des travaux de ce naturaliste célèbre que la société s'honorait d'avoir eu pour conseiller, ami et, récemment, pour collaborateur.

Un reste de décence, de respect envers la mort m'a interdit d'exprimer mon triomphe. Comprenez-moi, j'avais tellement envie de faire plaisir à la vieille dame, tellement envie de trouver pour elle ce quelque chose qu'elle m'avait envoyé chercher et dont elle semblait ignorer la teneur, que voir mentionnés ces noms qui m'étaient désormais familiers me rendait heureuse.

Mais ce ne pouvait pas être cela qu'elle cherchait. Par

mesure de précaution, j'ai tout de même photocopié la page.

J'ai repris mon survol sans grand enthousiasme. Plus j'avançais vers l'été, plus les sujets de reportage s'allégeaient. On trouvait désormais dans les pages régionales des résultats d'examens, des remises de prix, des décorations de mères méritantes et d'ouvriers fidèles. J'exagère sans doute un peu, mais c'est vraiment l'impression que j'ai eue alors. L'exaltation de ma découverte s'estompait. Je sentais mon moral se dégonfler comme un soufflet qui refroidit. Pour la première fois, j'ai eu un doute. Mme Clô était peut-être mythomane. Impossible, puisqu'elle ne m'avait rien raconté. Et si elle voulait simplement se rendre intéressante…

J'avais un peu honte de mes pensées, mais je m'ennuyais ferme. Puis, j'ai commencé à dépouiller juillet. Au mardi 3 juillet un titre a attiré mon attention : « A Uzès, un Algérien dépouille un vieux couple. » J'ai commencé à lire l'article lorsque, à la ligne deux, m'est apparu le nom de ma pensionnaire.

L'article était bref, laconique. Je n'en sais pas le contenu par cœur. A dire vrai, j'ai tant voulu l'oublier. On pouvait y lire quelque chose du genre : Un couple de personnes âgées, M. et Mme Pernet, résidant à Uzès, ont accueilli chez eux un Algérien de vingt-sept ans, Ali Rachem, entré clandestinement sur le territoire français. Sous le faux nom d'Alain Rachet, le jeune homme avait trompé la vigilance du vieux couple trop confiant, s'était installé sous leur toit et avait vidé leur compte courant le lendemain même de la mort subite de M. Pernet survenue brutalement le 30 mai dernier. Chose étrange, notait le journaliste qui signait de ses seules initiales JF, l'escroc, sans doute très sûr de lui, n'avait pas profité du désarroi de la vieille dame pour filer à l'anglaise, fortune faite. Il était resté auprès d'elle jusqu'aux funérailles. Lorsque la famille des Pernet avait débarqué après l'enterrement de l'oncle, cérémonie à laquelle, semblait-il, on ne l'avait pas convié, le pot aux roses avait été découvert. Prévenue par les héritiers, la police qui avait interrogé les proches du couple, avait arrêté Ali Rachem. Il avait été incarcéré à la prison de Nîmes en attendant d'être jugé. Et, concluait avec panache le journaliste, l'escroc sera sans nul doute extradé vers son pays…

Pas un mot sur le sort de Mme Clô. Comme si elle n'existait pas. Son nom n'était mentionné qu'au début avec celui de son défunt mari. Seuls apparaissaient ces parents éloignés, des neveux, qui avaient pris l'affaire en main et criaient au scandale en réclamant justice.

Est-ce parce que j'avais vu deux échantillons exemplaires de ces neveux si moraux, est-ce parce que je savais la tendresse de Mme Clô pour Ali-Alain, est-ce parce que je devinais quel allait être le sort de ce jeune homme si on le renvoyait dans ce pays qu'il avait réussi à fuir, l'envie m'est venue, soudaine, irrésistible, de les aider, lui et ma pensionnaire. Mais comment faire ? Et surtout que dire à la vieille dame qui ne lui cause pas une émotion fatale ? Je la savais fragile. Je la soupçonnais forte aussi. Oserai-je vous l'avouer ? Il m'a toujours semblé que nous étions un peu de la même trempe. Elle m'avait choisie pour cela. Quoi qu'il en soit, il me fallait continuer les recherches.

Je suis juste sortie vers quatorze heures pour manger un sandwich et boire un café. Puis je suis retournée à mes journaux. Il y avait maintenant deux autres personnes qui consultaient des archives. Ils étaient silencieux, concentrés. J'ai repris ma pile. Comme on pouvait s'y attendre, je n'ai rien trouvé d'autre concernant l'affaire. J'ai photocopié le terrible article en deux exemplaires et j'ai regagné ma voiture. L'envie m'est venue de faire un détour par Uzès. Il n'était pas très tard et personne ne m'attendait chez moi. Personne ne m'attend jamais du reste. Je l'ai voulu ainsi. Je n'irai pourtant pas jusqu'à dire que c'est mon choix. Mais, passons, là n'est pas mon propos. J'ai pris par la route des plages pour regagner Nîmes. Jamais je ne m'étais demandé jusque-là où était la prison. Mais en voyant au loin les grand immeubles blancs des hauteurs de Nîmes, c'est la question qui m'est venue. J'ai essayé d'imaginer le visage et la silhouette du jeune Algérien. Était-il seulement encore là ? Toute cette affaire m'a semblé très triste. Et je me suis interrogée sur ce que j'allais faire à Uzès. Mais j'ai tout de même pris la route dans cette direction. J'ai garé ma voiture sur l'esplanade et j'ai gagné à pied la place aux Herbes. L'automne avait ajouté quelques touches jaune d'or dans le vert encore pimpant des platanes. Il n'y avait plus de bistrots en terrasse, mais les cafés et les magasins sous les arcades étaient ouverts et éclairés. J'ai fait le tour de la place en quête d'une impression, d'une image. Mais rien n'est venu. Je ne me suis pas senti le courage d'interroger les commerçants. Ça suffisait pour la journée. J'ai repris la route pour rentrer chez moi.

Le lendemain, il me faudrait rendre des comptes à Mme Clô. J'ai passé une nuit agitée à préparer mon intervention. Que lui dire et comment le lui dire ? A trois heures du matin, assise dans ma cuisine devant un verre d'eau miellée – un remède de grand-mère pour apaiser les angoisses nocturnes –, j'en suis venue à me persuader qu'il fallait tout lui dire et qu'il fallait aussi mener l'enquête et retrouver cet Alain qui ne pouvait pas être le salaud que décrivait l'article. Je me répétais, obstinée, fiévreuse : un salaud ne serait pas resté. Il aurait vidé la caisse et filé. Il n'aurait pas fait passer un avis de décès dans le journal. Car, j'en étais désormais certaine, qui d'autre que lui avait fait la démarche auprès du *Midi libre*? Je soupçonnais aussi qu'il était à l'origine du faire-part des ornithologues. Comment auraient-ils pu savoir autrement? Que les deux faire-part paraissent le même jour n'était pas un hasard. Mme Clô, je le savais par les dossiers médicaux du centre, avait sombré dans un état proche de la démence en découvrant le cadavre de son époux. Elle n'en était sortie, muette et absente, que des semaines plus tard.

Lorsque le réveil a sonné, je venais à peine de m'endormir. Pourtant, je me sentais portée par ma mission. Je me suis précipitée vers la clinique dans une sorte d'ivresse. Oui, elle saurait tout et nous allions monter un plan ensemble. Nous ne pouvions pas abandonner ce jeune homme.

J'ignorais encore qu'elle était entrée dans sa période de mutisme qui prendrait fin avec le départ pour l'hôpital de sa voisine. Devant son visage froid, son regard vide, je me suis sentie flouée. J'étais désespérée. J'avais fait tout cela pour rien. A quoi donc serviraient mes recherches et l'enquête que j'envisageais de mener auprès du centre d'ornithologie du Gard, de la police, et même de la prison? J'ai rongé mon frein pendant quelques jours. Puis, voyant qu'elle ne sortait pas de son état – je devinais qu'elle menait sa grève de la vie pour qu'on la remette seule dans une chambre –, j'ai pris l'affaire en main, seule. Sans elle. Peu après, je vous ai appelé.

38

Cela n'a pas été facile de vous trouver. D'abord parce que je ne savais pas qui chercher ni où chercher. Je disposais de peu d'éléments, et d'aucune aide de la part de l'intéressée. Intéressée…, un bien grand mot en ces interminables journées de silence. En réalité, elle semblait se désintéresser de tout. C'est à peine si elle sortait de son lit, et encore sous la menace des médecins qui craignaient qu'un trop long alitement n'entraîne des problèmes circulatoires. Les aides-soignantes se chargeaient seules de ces levers forcés auxquels elle opposait une résistance passive. Aux dires de ces filles pourtant solides qui la prenaient à bras-le-corps, elle avait l'air de peser cent kilos, tant elle se refusait à toute manipulation, à tout contact.

Moi, elle ne me regardait plus du tout. Mais, jamais je n'ai pris son indifférence pour de l'hostilité à mon égard. Elle m'ignorait un peu comme elle voulait s'ignorer elle-même.

Pourtant, je puis vous assurer que sa voisine, de deux ans sa cadette, mais beaucoup plus faible, surtout sur un plan mental, ne cherchait en rien à lui nuire ou à la déranger. Elle passait le plus clair de son temps comme une vieille enfant sage, mains croisées sur son estomac, perdue dans un rêve qui parfois illuminait son regard d'un sourire égaré, parfois faisait couler des larmes le long de ses joues flétries. Je savais, moi, qu'elle avait de graves problèmes de santé, vulgairement parlant, qu'elle ne ferait pas de vieux os. Mais il m'était impossible d'en informer Mme Clô. Quoi qu'il arrive à sa voisine de chambre, elle ne resterait pas longtemps seule. Ainsi en avait décidé sa famille en cochant la case : chambre double. Je crois qu'elle le savait.

Il n'était pourtant pas question que je reste là, sans rien tenter, sous prétexte qu'elle avait à nouveau renoncé à se battre. Car il s'agissait bien de cela, n'est-ce pas ? Se battre. Et cette bataille passait d'abord par une bonne connaissance des événements survenus depuis la mort de son époux. Il y avait eu, dans l'ordre, l'incarcération de son protégé, sa mise sous tutelle, son internement chez nous. Et son silence, bien entendu. Son silence en guise de réponse à tant de malheur.

Trois jours après mon incursion aux archives du *Midi libre*, persuadée de ne recevoir aucune attention et *a fortiori* aucune aide de sa part, j'ai passé une soirée à faire le point. Comme je vous l'ai déjà dit, je ne suis ni une brillante intellectuelle ni un fin limier. J'ai un vieux fond d'esprit logique, c'est tout. Alors, je me suis assise à mon bureau, j'ai tiré une grande feuille blanche du tiroir de mon secrétaire, et j'ai noté tout ce que je savais de « l'affaire ». Il m'est apparu, devant cette liste un rien hétéroclite, qu'une part du mystère était là sous mes yeux, prête à se livrer à moi. Les deux éléments les plus importants que je surlignais de jaune concernaient la mort de l'époux. La personne qui avait annoncé le décès dans la presse avait attendu cinq jours pour le faire, évitant ainsi que n'accourent à l'enterrement ces gens, parents ou amis, dont elle ne souhaitait pas la présence. En revanche, la même personne avait très probablement contacté la société d'ornithologie afin d'associer certains de ses membres à la douleur de la veuve et, pourquoi pas, à la sienne propre. Je savais pour l'avoir déjà vécu quand ma mère est morte, que tout annonceur doit laisser des coordonnées au journal. Par ailleurs, le prix de l'annonce, assez élevé, est la plupart du temps payé par chèque ou par carte bancaire. Donc, en appelant le *Midi libre*, il me serait possible d'obtenir les noms, voire les adresses des annonceurs.

Si vous saviez comme j'étais fière de mes conclusions ! Je me sentais aussi heureuse que Sherlock Holmes dénouant la plus complexe des énigmes. Mais hélas je n'avais pas sa sérénité. Pas non plus d'ami Watson ou autre avec qui partager le fruit de mes déductions. Mme Clô était, plus que jamais, ailleurs, inaccessible. Elle avait attrapé une sorte de grippe qui l'éloignait encore plus du monde des vivants ordinaires. Il fallait regarder la réalité en face : j'étais seule. Mais je ne me résignais pas à le rester. J'allais trouver un soutien, un interlocuteur, que sais-je ? Et je vous ai trouvé.

Mais ne brûlons pas les étapes. Pour l'instant, je viens juste de prendre conscience que le *Midi libre* peut m'être d'un grand secours. Personne ne me donnerait de renseignements par téléphone. Il me fallait retourner à Montpellier. Et donc attendre le début de la semaine suivante et mon jour de congé.

Jamais le temps ne m'a paru si long. Les journées à la clinique se traînaient, interminables. Je me rendais deux fois par jour au chevet de Mme Clô, comme je le fais pour toutes les pensionnaires sous ma responsabilité. Il était visible qu'elle n'avait plus touché au manuscrit du merle bleu. Visible aussi qu'elle n'avait pas manipulé ses jumelles ni observé le fond du parc, comme elle aimait le faire lorsque, croyait-elle, personne ne la voyait. Comme je vous l'ai déjà dit : plus rien ne l'intéressait.

Sa voisine n'arrivait plus à s'alimenter seule et refusait d'avaler la bouillie que tentait de lui enfoncer dans la bouche une jeune stagiaire encline à se comporter avec nos vieux comme les fermières avec leurs oies grasses. L'inquiétude que suscitait l'état de cette femme triste avait pour conséquence immédiate de remplir en permanence la chambre de personnel médical en tout genre. Je sentais, moi, que le spectacle de la maladie, terrifiait Mme Clô. Mais je ne pouvais rien pour elle. Rien ici en tout cas. A Montpellier peut-être...

Le service des petites annonces et du carnet était assuré par deux jeunes femmes, une blonde et une brune, qui répondaient en alternance aux clients peu nombreux. L'atmosphère était bon enfant ce matin-là. Pas d'annonce de deuil. Deux naissances. Un mariage. La plupart des présents venaient déposer des demandes d'emploi. Lorsque je suis arrivée devant le guichet, c'était au tour de la blonde. Je lui ai raconté l'histoire que j'avais soigneusement préparée. Je venais d'apprendre que le cousin de ma mère était mort et qu'on avait passé une annonce ici. Nous n'avions plus de nouvelles de sa veuve et souhaiterions savoir si, par hasard, elle n'aurait pas laissé ses coordonnées. Je m'embrouillais un peu dans la formulation, mais la blonde n'avait pas l'air de s'en formaliser. Elle a retiré une impureté de son index avec l'ongle très long de son pouce et m'a demandé sans me regarder : le nom, la date.

Puis elle est partie consulter l'ordinateur. Lorsqu'elle est revenue, elle avait un nom à me proposer et une adresse : Alain Rachet, place aux Herbes. Uzès.

J'étais à la fois ravie – mes hypothèses se confirmaient, c'est Alain Rachet qui avait fait publier le faire-part – et désespérée – l'adresse ne me servirait à rien, c'était celle de Mme Clô avant les événements. Elle figurait dans le dossier de la clinique. Mais plus personne n'habitait là. L'appartement avait dû être vidé.

La blonde continuait à se nettoyer délicatement les ongles. Moi, je n'arrivais pas à partir, à accepter de me faire coincer dans une impasse. C'était ma faute. J'aurais dû penser que l'adresse qu'on me livrerait ici serait celle de ma pensionnaire et de son époux. Je n'avais pas assez réfléchi. J'ai pris l'air étonné. Non, ce n'est pas à ce faire-part-là que je faisais allusion. Cette adresse-là ne pouvait pas être celle de ma parente. Alain Rachet était leur ancien homme à tout faire. Son adresse m'importait peu. Il n'aurait pas plus d'informations sur la veuve que nous, ses parents. Je voulais connaître les coordonnées de l'ornithologue de la société d'ornithologie du Gard qui, lui, avait sûrement gardé le contact avec la veuve, elle-même ornithologue.

Je répétais à loisir, et non sans cuistrerie, ce mot aux consonances savantes dans l'espoir d'impressionner la blonde. Elle m'a regardée en écarquillant les yeux. J'ai ajouté d'un ton assuré et avant qu'elle n'ait le temps de réagir : « Même date de publication dans votre journal. » Elle a regagné son écran, pianoté d'une main. Elle a noté quelque chose sur un bout de papier à en-tête et me l'a tendu.

François Demazet. Saint-Jean-du-Gard. Suivait un numéro de téléphone. Le vôtre.

J'ai remercié chaleureusement la blonde qui continuait à suçoter son ongle d'un air songeur. Alors que j'allais sortir de la pièce, elle m'a rappelée :

– Hep ! vous.

J'ai eu du mal à comprendre qu'elle s'adressait à moi. Elle a dû réitérer deux fois encore son appel. Quand enfin je me suis retournée, elle m'a dit :

– C'est quoi un ornitho machin ?

J'ai fait un effort pour garder mon sérieux.

– Un spécialiste des oiseaux.

Elle a eu l'air encore plus perplexe.

Lorsque j'ai regagné mon domicile, j'ai foncé sur l'annuaire. Votre nom y figurait. Le numéro de téléphone était bien celui que la fille du *Midi libre* m'avait communiqué. Je me suis servi un verre de vin blanc frais pour me donner du courage et je vous ai appelé.

J'ignorais tout de vous. Je savais seulement que vous aviez témoigné votre amitié, votre tristesse à Mme Clô, au nom d'une société scientifique à laquelle vous deviez appartenir. Quels étaient vos liens avec le couple ? Vos liens avec Alain Rachet qui, visiblement, vous avait prévenu du décès ?

Ma chance, c'est que vous avez répondu tout de suite. Oui, vous connaissiez tous les gens dont je vous parlais. Ma malchance, c'est que vous partiez le lendemain matin pour un congrès, sur les rapaces, avez-vous précisé.

Il me faudrait attendre, une dizaine de jours, votre retour. Non, vous ne pouviez rien me dire comme ça au téléphone. Il fallait faire le point, tout reprendre depuis le début. Et pour commencer vous vouliez connaître l'identité de celle qui appelait et ses liens avec le couple. Souvenez-vous, ce soir-là, vous m'avez aussi dit : « Dans cette affaire, il importe d'être prudent. »

39

Attendre est la chose que je fais le moins bien dans la vie. Même si, dans le fond, on passe toujours la moitié de son temps à attendre. Mais attendre passivement que Mme Clô retrouve la parole et que vous rentriez de votre colloque était au-dessus de mes forces. Il me fallait absolument faire évoluer la situation. En apprendre plus. J'ignore d'où me venait ce sentiment d'urgence que j'éprouvais alors. Il me semblait que ne pas bouger pouvait compromettre l'avenir. Lorsque j'étais étudiante, mes amis prétendaient que j'avais des dons de sorcière. Je devinais très souvent les sujets d'examen. Preuve irréfutable de mon commerce avec les démons, disaient les plus acerbes, avec les fées, prétendaient ceux qui voulaient me séduire.

Dans le cas qui nous occupe, j'avais l'impression que le temps jouait contre Mme Clô. Je n'aurais pas pu expliquer ce sentiment. Je me bornais à l'éprouver et à devenir enragée devant ma passivité forcée.

C'est alors que j'ai commencé à chercher d'autres personnes susceptibles de m'éclairer. Je suis donc retournée à Uzès. C'est là qu'avait eu lieu le drame, et il était impossible que des gens de la bonne bourgeoisie, comme Mme Clô et son époux, n'aient pas eu de relations avec d'autres bourgeois de la ville. J'avais beau éplucher les pages jaunes de l'annuaire à la recherche de médecins, pharmaciens, notaires, avocats d'Uzès, je n'arrivais pas à me décider à appeler les uns ou les autres. D'autant que si leurs amis étaient aussi âgés qu'eux, ils ne devaient plus exercer d'activité professionnelle. Certes, il y avait toujours le recours du médecin traitant et du pharmacien attitré, voire du notaire en qui l'on a toute confiance. Mais comment les repérer dans la liste ? Je ne me sentais pas capable de me lancer dans une de ces opérations « téléphone au culot » qui sont le morceau de bravoure de toutes les séries noires télévisées. Il me fallait trouver autre chose, de plus simple. Les commerçants du coin ? Mme Clô n'était pas du genre à faire ses confidences au boucher ou à la boulangère…

J'ai fini par me rendre place aux Herbes. C'était la deuxième fois depuis l'arrivée de cette pensionnaire spéciale que je me retrouvais à Uzès. Lorsque j'étais plus jeune, moins occupée, et surtout lorsque j'exerçais le métier d'infirmière à mon compte, j'étais souvent venue prendre un verre sur la place aux Herbes au début du printemps, quand les touristes ne sont pas encore là et que le soleil léger joue à travers les feuilles des grands platanes.

Mais ce jour-là, c'était l'automne. Il avait plu et j'avançais avec prudence pour éviter les flaques sur le macadam déformé par les grosses chaleur de l'été. J'ai erré comme la dernière fois. Ne sachant pas quelles étaient les fenêtres de Mme Clô, j'ai imaginé que celles qu'occultaient de grands volets vert olive étaient sans doute les siennes. Mais je n'éprouvais rien, pas le moindre frémissement intérieur, pas la plus petite intuition. Je me sentais lisse comme un galet qui attend sur la grève que la mer le reprenne et le roule, roule à l'infini. Et, comme toujours lorsque je me sens vide, désemparée, je me suis dirigée sans y penser vers la librairie. Elle m'était familière. Je m'y étais arrêtée bien des fois lors de mes promenades anciennes dans la ville. J'aime les librairies.

En franchissant le seuil, ça m'est tombé dessus comme une évidence. Pourquoi n'y avais-je pas pensé plus tôt ? C'était là le seul commerce où je pouvais prendre des renseignements sur Mme Clô qui, j'en aurais juré, devait être cliente. C'était aussi le seul endroit où l'on pourrait être à la fois discret, efficace et pas potinier. Il me restait à me demander pourquoi, lors de mon précédent passage dans la ville, je n'avais pas songé un seul instant à faire un tour à la librairie. Mais peut-être n'étais-je pas alors prête à entendre ce qu'on pouvait m'y dire.

La jeune femme derrière la caisse m'a saluée lorsque je suis entrée. Puis elle s'est replongée dans son travail. Il m'a semblé qu'elle préparait ses commandes. En tout cas, elle était très absorbée et n'avait pas cet air paisible des gens qui lisent. J'ai regardé les tables des nouveautés, feuilleté quelques romans fraîchement sortis, cherché dans la pochothèque des titres que je n'avais pas encore acquis. J'achète surtout des livres de poche. Question de budget. Puis, prenant mon courage à deux mains, je me suis adressée à la libraire.

Je lui ai dit la vérité : je suis infirmière dans une clinique privée pour personnes âgées et handicapées, l'une de mes pensionnaires, Mme Claude Pernet, était sûrement une de vos clientes...

Là, j'ai vu son regard changer. Oui, Mme Pernet venait souvent à la librairie. Elle passait des commandes d'ouvrages rares, des livres sur les oiseaux pour la plupart, peu de romans, des biographies..., des livres de voyage. Ils voyageaient beaucoup, son époux et elle. Puis lui est mort. Et quand les neveux sont arrivés presque une semaine après les funérailles, il y a eu ce scandale. Non, elle ne méritait pas cela.

La libraire était, comme je l'avais prévu, discrète. Elle ne voulait pas trop en dire à une inconnue soi-disant infirmière et soi-disant amie de la vieille dame. Cette histoire affreuse ne la concernait pas directement. Elle n'en pensait pas moins.

Sans reprendre le terme « scandale » qu'elle avait employé et qui m'avait fait bondir, j'ai simplement dit :

– Vous parlez d'Alain Rachet, n'est-ce pas ? Puis j'ai ajouté : Lorsqu'elle arrive à retrouver la parole, ce qui n'est plus le cas depuis plusieurs jours, Mme Clô me parle avec chaleur de ce jeune homme. Pour elle, j'aimerais savoir ce qu'il est devenu.

La libraire a eu un drôle de sourire triste au coin des yeux. Elle a soupiré très fort. Un gros soupir sorti des entrailles et elle m'a livré le fond de son cœur.

Ce qu'elle m'a raconté, vous le savez, bien sûr. Vous avez rencontré Rachet comme elle, vous l'avez vu entourer la vieille dame de cette tendresse silencieuse et inquiète qui, semble-t-il, lui était si particulière. Elle m'a dit qu'il avait été leur soleil de fin de vie, la seule personne qui les ait vraiment aimés. Qu'ils aient vraiment aimée aussi. Sans doute n'avaient-ils pas toujours été tendres avec les rares personnes de leur famille qui leur rendaient visite. Elle, surtout, pouvait être assez rude avec les gens qu'elle méprisait ou qu'elle dominait. C'était une sacrée bourgeoise dure, exigeante, mais aussi une petite fille désemparée. Lui, c'était différent, il ne vivait que dans le monde des oiseaux, toujours un cigare à la main. Peu bavard, mais si visiblement heureux lorsqu'il sortait en compagnie de ce jeune homme qu'ils avaient pris en pension. C'était comme si, soudain, lui était arrivé un fils. Jusque-là, la paternité ne l'avait guère concerné.

Bien entendu, tout le monde avait jasé. Le garçon en question n'était pas clair. En réalité le « pas clair », recouvrait une parfaite ignorance de son passé, de sa vie. Il était tombé du ciel en quelque sorte. Il avait d'abord vécu à l'hôtel, mais même ça ne serait pas vrai, selon la rumeur. Puis, il avait rencontré Mme Clô. Elle s'était entichée de lui… Enfin, il était pauvre, entretenu par eux. C'est cela qui a fait scandale. Ici, à Uzès, chez leurs amis choisis et aussi auprès des neveux. Ils ont tous débarqué comme des furieux. Ils ont voulu virer le jeune homme. En réalité, il avait déjà filé deux jours plus tôt. Il n'habitait plus l'appartement. Il était parti avec la voiture du couple. C'est une des choses qui lui a été reprochée. Il a été accusé de vol. Il avait aussi retiré le maximum sur la carte bleue de la vieille dame dont il faisait usage depuis plusieurs mois, et encaissé une forte somme que, selon les versions, elle lui aurait donnée ou qu'il lui aurait extorquée sous la menace… Enfin l'horreur ! On en a tant dit…

Elle était émouvante la libraire, si passionnée soudain. Je buvais ses paroles :

– Moi, je ne retiens qu'une chose : ils l'ont pris alors qu'il venait voir la vieille dame. Un vulgaire voleur ne serait pas revenu. Il avait la clef. Il a dû arriver très tôt le matin et pénétrer dans l'appartement. Elle était seule, très abattue. Lorsque les neveux qui dormaient à l'hôtel – elle n'a jamais voulu les accueillir sous son toit – ont débarqué vers neuf heures, ils les ont trouvés tous les deux attablés à la cuisine devant un café et des croissants chauds. Je ne peux pas m'empêcher d'imaginer qu'à ce moment-là, Mme Clô et Alain Rachet avaient l'air heureux. Alors, les autres ont appelé la police. La vieille dame voulait jeter les neveux dehors. Puis le fourgon est arrivé. Rachet s'est laissé faire sans protester. Mme Clô a hurlé quand ils l'ont emmené. Puis, elle n'a plus prononcé un seul mot jusqu'à ce qu'on la conduise chez vous. Ce jour-là, elle riait d'un rire affreux, sinistre, de démente. L'article dans le *Midi libre* était ignoble…

Ensuite, les neveux ont tous débarqué les uns après les autres. Ils ont ameuté le banquier, les notaires, la ville entière. Ils voulaient que notre médecin la déclare gâteuse. Ils sont même venus me demander de témoigner contre Rachet, contre elle. Ils voulaient que je dise qu'elle n'avait plus sa tête et qu'il avait barre sur elle, qu'il la terrorisait en somme. L'un d'eux m'a même suggéré d'avouer qu'il abusait physiquement d'elle. A les regarder, à les entendre, je me sentais aussi sale que s'ils m'avaient craché dessus.

J'étais si bouleversée qu'au terme de ce long récit je me suis presque enfuie, les yeux pleins de larmes, tremblante de rage, d'impuissance. Je suis retournée à Uzès un autre soir après le travail pour remercier la libraire. Nous sommes allées prendre un café ensemble. Je lui ai parlé de vous que je rencontrerais bientôt, dès votre retour. Je lui ai promis de la tenir au courant pour la suite. J'étais sans illusion. Nous ne pouvions rien faire. Peut-être lui apporter un ultime rayon de soleil. Mais son seul soleil était à l'ombre… Pour combien de temps, je l'ignorais. J'ai interrogé quelques amis juristes qui m'ont dit qu'en principe il ne devrait pas être incarcéré au-delà de six à huit mois. Ses larcins, si larcins il y avait, étaient bien minces… Une autre question restait en suspens, que la libraire n'avait pas abordée. Était-il algérien et sans papiers comme l'avait écrit le journaliste du *Midi libre*? Et, si c'était le cas, risquait-il d'être renvoyé dans son pays ?

Le lendemain, en regardant Mme Clô enfermée dans son mutisme et dans son monde sans lumière, je me suis dit pour la première fois que c'est sûrement la question qu'elle se posait depuis des mois et qui, lentement, l'éloignait de la vie.

40

La prison m'a toujours semblé être un lieu étrange et menaçant. Je dois faire un effort sur moi-même et effacer les images qui me viennent à l'esprit pour admettre qu'une cellule de détenu, aujourd'hui, ne ressemble pas à cette pièce exiguë, insalubre, noire et sans aération dans laquelle on enfermait des prisonniers à vie dans les films de cape et d'épée de mon enfance. Cette vision d'horreur a été exacerbée par ma grand-mère alors que, petite fille, j'étais en vacances chez elle. Je me souviens, j'aimais beaucoup aller me promener du côté de la cathédrale fortifiée qui domine d'un côté la ville et de l'autre la plaine viticole du Languedoc. J'aimais le grand mur de pierre en balcon sur la vallée, les tours crénelées et cet immense bâtiment aux murs quasi aveugles, qui jouxte en contrebas l'édifice religieux où se terminaient toutes nos promenades. Puis un jour, alors que dressée sur la pointe des pieds je regardais par-dessus la rambarde les vignes rousses à l'horizon, j'ai demandé à ma grand-mère :

– Qui habite la grande maison collée à l'église ?

Aujourd'hui encore, je frissonne à l'évocation de cette scène. Sans le moindre humour, de son air le plus austère, elle m'a répondu :

– Des mauvaises gens ! Cette maison est une prison. Si un

jour tu fais le mal, on t'enfermera là comme eux. Cette maison, tu vois, c'est l'enfer sur terre pour punir les méchants.

Je n'ai jamais oublié cette journée d'automne et cet enfer dont me menaçait la vieille dame bien-pensante qui ne plaisantait pas avec la morale. Les jours suivants, je n'ai plus voulu aller me promener près de la cathédrale. Ma grand-mère ne s'en est guère inquiétée. Elle avait d'autres lieux de promenade à me proposer, avec au bout du chemin d'autres églises. Nous avons changé de destination et d'itinéraire, parcouru des quartiers plus urbains. Les prières pour le salut de nos âmes, qui clôturaient nos balades plus pieuses qu'hygiéniques sont, elles, restées les mêmes.

Tout cela pour vous dire combien je me sentais démunie face à cet Alain-Ali qu'on avait enfermé dans la prison de Nîmes et qui devait encore y être. Comment entrer en contact avec lui ? Et d'abord, était-il seulement possible à une étrangère comme moi d'entrer en contact avec un détenu qui ignorait jusqu'à mon existence ?

Il me semblait inutile de tenter d'en informer Mme Clô. Sa voisine était encore là, et elle gardait toujours ce même silence obstiné. Pourtant quelque chose avait changé dans son comportement. Elle avait récupéré ses lunettes de lecture dans le fond de son tiroir de chevet, elle avait rangé ses jumelles à leur place, et, de toute évidence, elle relisait – quand ? je l'ignore, sans doute la nuit – les quelques feuillets de l'article. Tandis que le médecin l'auscultait en salle de soins, j'avais fait un tour dans sa chambre. Dans la chemise bleue, les feuillets étaient en désordre. Et une main tremblante avait ajouté au crayon à papier quelques annotations en bas de page. La dernière d'entre elles, à la fin du texte inachevé, m'avait bouleversée. Elle avait écrit en caractères majuscules : A SUIVRE… C'était pour moi la preuve qu'elle n'avait pas renoncé.

Je ne renoncerais pas moi non plus. Mais il m'était impossible de me servir de cette information volée – elle aurait été furieuse que je fouille ainsi ses affaires en son absence – pour lui demander de m'aider ou pour lui proposer mon aide, je ne sais pas. A ce point de l'histoire, je ne savais plus, je ne sais toujours pas, du reste, qui aidait qui.

C'est à ce moment-là que, par chance, vous êtes rentré de votre colloque. J'avais si peur que vous ne me rappeliez pas ! J'ai refusé de compter les jours qui me séparaient de votre retour. Mais dans le fond de mon cœur, je crois que je connaissais à peu près bien vos dates. Le fait est que je n'ai pas consulté le moindre calendrier. Comme je vous l'ai déjà dit, je ne sais pas attendre, mais la vie m'a appris que ce qu'on attend, qu'on voudrait tellement voir arriver, n'est pas forcément perdu s'il n'arrive pas à la date dite. Il peut se produire des décalages, des ratés qui n'oblitèrent en rien le bon dénouement d'une situation… Quoi qu'il en soit, les bonheurs et les malheurs vont souvent par bande, comme vos oiseaux migrateurs. Vous souriez, vous avez raison, j'aime cette femme au point de la laisser contaminer mon langage. Avant j'aurais sûrement dit : un malheur ou un bonheur ne viennent jamais seuls. C'était plus simple, plus direct, plus banal aussi comme l'était alors ma vie…

Vous m'avez appelée un mardi, la voisine de Mme Clô a quitté la clinique le lendemain. En deux jours, la situation se débloquait. Enfin, cela n'a pas été aussi simple, souvenez-vous. Mais seul le résultat compte.

Je venais de terminer le troisième yaourt aux fruits qui composait mon dîner, et je m'apprêtais à regarder le film du soir à la télévision. Une vague aventure policière dont j'avais lu le résumé dans le journal. Pas fatigant. Quand le téléphone a sonné, j'ai pensé à vous. Mais j'ai aussitôt chassé cette pensée. Pas d'illusions, ma fille, pas d'illusions ! Pour m'en convaincre, je me suis dit à haute voix : encore un emmerdeur. Puis, j'ai décroché. J'ai tout de suite reconnu votre voix. Vous étiez de retour depuis ce matin, vous aviez attendu que je sois rentrée de la clinique. Vous aviez réfléchi à la situation. Il fallait qu'on se voie. Vous pouviez me voir dans le lieu de mon choix. Il vous semblait préférable de ne pas rencontrer Mme Clô. Pas encore en tout cas. Il était nécessaire que vous sachiez où j'en étais de mes recherches. Vous aviez parlé de notre amie – oui, vous avez dit « amie » et, c'est idiot, mon cœur a bondi de joie – à l'un de vos confrères du Gard qui assistait au même colloque. Il ne savait pas grand-chose de cette histoire. Seulement la mort du mari et l'internement de son épouse, mais il allait se renseigner, même si lui, n'avait pas rencontré le jeune Algérien. Normal, puisqu'il n'avait pas pu assister aux funérailles…

Vous parliez, parliez, parliez… et c'était si bon de vous entendre. Je me sentais enfin comprise. Sans même vous avoir vu, je me suis dit que désormais nous étions deux sur l'affaire. A deux, nous allions gagner même si, dans la vie, on ne gagne jamais rien. Se voir à Uzès m'a semblé une bonne idée. Je vous ai tout de suite identifié dans ce café de la place aux Herbes où pourtant il y avait d'autres consommateurs solitaires. J'étais un peu en retard et vous aviez déjà commandé un thé. C'est exactement ce que je me proposais de boire. C'était bon signe, nous allions collaborer dans l'harmonie.

Je me sentais toute joyeuse devant votre mine étonnée puis admirative : oui, j'avais fait du bon boulot en votre absence. Mais je n'avais pas avancé d'un iota en ce qui concernait

Alain Rachet. Vous alliez vous en occuper. C'était sûrement plus facile pour vous que pour moi. Vous n'aviez du moins pas mes ridicules préjugés sur l'univers carcéral.

Une chose vous paraissait importante, voire prioritaire. Oui, c'est ce mot-là que vous avez employé : prioritaire. Il fallait que l'article sur le merle bleu soit terminé et publié. C'est sans nul doute ce qui ferait le plus grand plaisir à ma pensionnaire. Je vous ai demandé si vous comptiez le terminer vous-même. Votre regard soudain si dur m'a dit sans ambages que j'étais vraiment, mais vraiment, à côté de la plaque. Il n'était pas question que vous rédigiez à la va-vite la fin du dernier article de Claude et René Pernet. Ils avaient sûrement pris des notes, et vous saviez qu'avant le drame Alain Rachet avait tenu le rôle de secrétaire, voire d'écrivain auprès des époux. Vu ce que je venais de vous raconter, il y avait une petite chance pour qu'on puisse apprendre par le jeune homme où étaient les notes manquantes. Les neveux ne refuseraient pas qu'on regarde dans les papiers, surtout si c'était, vous, ornithologue et professeur, qui le leur demandiez, au nom de la science.

Lorsque nous nous sommes séparés ce soir-là, je ne savais pas encore combien d'embûches entraveraient mon chemin. J'étais heureuse. Simplement heureuse. C'était bon de penser que vous preniez le relais. J'allais pouvoir ne m'occuper que d'elle. Façon de parler, vu mon travail au centre et les quelque trente personnes âgées dont j'ai la responsabilité. Mais finis les virées intempestives, les enquêtes dans les journaux, les interrogatoires de témoins. J'exagère, bien sûr, mais la petite infirmière que je suis n'avait jamais joué les détectives auparavant.

Peu à peu, après le départ de sa voisine, Mme Clô a repris ses habitudes. Elle a ressorti ses jumelles et observé le lointain, les arbres du parc par sa fenêtre ouverte, lorsqu'elle croyait n'être vue par personne. Il avait commencé à faire assez froid en ce mois de décembre et le personnel de la clinique s'étonnait toujours de la fraîcheur qui régnait dans la chambre de Mme Clô. Une question se posait : qui pouvait donc ouvrir cette fenêtre alors qu'aux dires de tous, la vieille dame désormais seule ici bougeait si peu de son lit ? Mme Clô et moi avons attrapé un fou rire un jour devant l'aide-soignante qui grelottait en répétant : « Mais, bon sang, il entre par où cet air froid ? » Elle savait que je savais. C'était encore un autre de nos secrets partagés.

Malgré ce regain de confiance que je pouvais vérifier tous les jours, il ne me semblait pas opportun d'interroger la vieille dame sur ses notes. Je craignais de la replonger dans un passé douloureux, de la voir faire l'amalgame entre la perte des notes et la perte des hommes qu'elle aimait et qui avaient travaillé avec elle. Il fallait compter sur votre contact avec Alain Rachet. Avec les neveux aussi. Ça, c'était sûrement le plus improbable.

C'est Mme Clô qui, la première, m'a parlé de sa tristesse à sans cesse relire cet article inachevé. C'est elle qui a évoqué les papiers de son époux sur lesquels étaient consignées les informations et les références pour boucler ce travail. Elle m'a aussi parlé de l'ordinateur que son époux et elle avaient donné à Alain. Si seulement, il avait pu l'emporter… Mais peut-être l'avait-il fait. Elle n'avait plus du tout la mémoire de ces journées atroces. Il avait tout retranscrit au propre. Mais l'ordinateur avait dû partir avec l'héritage, dans le camion qui avait tout emporté chez les héritiers légitimes. Elle avait dit le mot « légitimes » comme on crache un noyau, la bouche tordue et le nez plissé.

J'écoutais de toutes mes oreilles. Quand je vous ai parlé au téléphone, je vous ai raconté tout cela. De votre côté, vous aviez pris contact avec l'avocat de Rachet. Il vous était possible de lui écrire. L'avocat l'informerait de la situation, de nos recherches. Il lui donnerait des nouvelles de Mme Clô. Non, il ne fallait pas encore lui en parler, à elle. Elle ne résisterait pas à un nouvel échec, à une autre trahison. Lorsque vous avez employé le mot « trahison », j'ai haussé les épaules. Moi qui doute de tout et de tous, voyez-vous, je n'ai pas cru qu'il pourrait la trahir. Au risque de vous paraître prétentieuse, j'étais sûre de lui comme de moi.

41

Je n'ai plus eu de vos nouvelles pendant plusieurs jours. Je ne voulais pas vous presser. J'imaginais que vos activités professionnelles vous retenaient, empêchant les démarches que vous vous étiez proposé de faire. En réalité, je mourais d'impatience. Le contact avec l'avocat avait-il été établi, et si oui, semblait-il fructueux ?… Mais je n'ai pas précipité les choses. Je crois que j'avais peur de vous entendre me dire à l'autre bout du fil : il est impossible de parler ou d'écrire au détenu. Ou, pire : le détenu a été jugé et renvoyé dans son pays. J'ai imaginé des tas de scénarios, plus terribles les uns que les autres. Tous les matins, lorsque je pénétrais dans la chambre de Mme Clô, j'éprouvais cette sorte de malaise des bons élèves qui vont un jour en classe sans avoir appris leurs leçons ni fait leurs devoirs. Je me disais, sottement je l'avoue puisqu'elle ne savait rien de nos projets ni de nos manigances : pourvu qu'elle ne me demande pas de lui parler de Rachet. Elle ne m'a jamais posé la moindre question le concernant. Enfin, presque. Un jour, elle m'a tout de même dit :

– Avez-vous pu avoir des renseignements sur ce qui s'est passé après la mort de mon mari ?

J'ai menti. Prétexté un manque de temps pour mener

l'enquête dans la presse. J'ai dit en revanche que la libraire d'Uzès m'avait priée de la saluer. Elle n'a pas eu l'air étonnée. Je crois que ce signe d'amitié qui transitait par moi lui semblait normal. Le monde continuait à exister dehors et les gens qui l'appréciaient hier ne l'avaient pas oubliée. Logique.

Lorsque la grande enveloppe de papier kraft à mon nom et à l'adresse de la clinique m'a été remise par la standardiste, l'autre matin, ma fameuse intuition de sorcière m'a trahie. Je n'ai pas du tout soupçonné ce qu'elle pouvait contenir. Elle était postée de Nîmes et ne portait aucun tampon professionnel. Je ne l'ai pas ouverte tout de suite car une collègue m'attendait dans le foyer des infirmières pour me signaler quelques problèmes survenus cette nuit. Une crise cardiaque au 7. Une chute dans le couloir au 11. Des étouffements sans doute dus à des allergies, chambre 2 lit A... La routine des matins d'hiver dans nos cliniques pour vieillards. J'ai posé l'enveloppe sur la table-bureau pour prendre en note les traitements d'urgence à appliquer. Puis j'ai bu le café que m'avait servi Angèle, une jeune aide-soignante, tout en enfilant ma blouse blanche et mon bonnet. Et alors que je filais vers l'ascenseur avec mon chariot de soins, une collègue m'a interpellée : « Eh ! n'oublie pas ta lettre ! » Elle m'a lancé la grande enveloppe à travers le couloir, je l'ai rattrapée au vol et nous avons ri de nos dextérités respectives.

Ensuite j'ai été prise par les urgences, la routine... Les journées sont lourdes et passent si vite dans nos métiers. Enfin, le fait est que j'ai promené un long temps, sans l'ouvrir, l'enveloppe sur mon chariot. Vers dix-sept heures, j'ai eu un coup de barre et une énorme envie de thé. L'idée m'est venue de le prendre en compagnie de Mme Clô, à qui l'on servait désormais, et à sa demande, du thé à dix-sept heures. J'ai disposé une théière et deux tasses sur un plateau. J'y ai rajouté un petit pot de lait, du sucre, et la grande enveloppe que j'étais encore sur le point d'oublier en salle de soins.

Lorsqu'elle m'a vue entrer ainsi chargée, Mme Clô a manifesté un geste de surprise. Elle a posé à la hâte, sur le dessus-de-lit, les feuillets qu'elle relisait pour la énième fois et a dégagé une place sur le guéridon.

Nous avons bu presque en silence notre boisson plus chaude que parfumée. Ce que j'aime chez Mme Clô, c'est son absence totale d'hypocrisie. Elle n'a pas fait mine de trouver délicieux ce thé en sachet à la saveur fade. Mais elle avait l'air contente de le boire en ma compagnie. Nous avons très peu parlé ce jour-là. Je me sentais engourdie de fatigue. Quant à elle, même si elle est sortie de son mutisme complet, elle n'en est pas devenue bavarde pour autant.

Dehors, la nuit était presque noire. Sans doute faisait-il très froid, car les vitres de la grande fenêtre étaient embuées et diffractaient la lumière du lampadaire qui éclairait cette partie du jardin.

L'enveloppe reposait toujours sur le plateau. C'est Mme Clô qui a attiré mon attention sur elle :

– Vous n'avez même pas eu le temps d'ouvrir votre courrier ?!

J'ai haussé les épaules, souri. J'ai pris l'enveloppe et je l'ai déchirée bien proprement comme ma mère et avant elle sa mère savaient le faire. En glissant juste le bout de l'ongle dans un coin, et en avançant tout doucement le long de la pliure. Pas si facile avec l'épais papier kraft. Mme Clô suivait l'opération avec intérêt. Je la soupçonnais d'avoir ce genre de manie familiale : ne pas déchirer les papiers des enveloppes ni des cadeaux, défaire les nœuds, pas les trancher, récupérer en en faisant une petite pelote les jolis rubans ou les bolducs des paquets de fête…

L'opération décachetage proprement terminée, j'ai jeté un œil sur le contenu. Une liasse de papiers recouverts d'une écriture bleue, si petite, si serrée que je n'ai pas compris tout de suite que c'était de l'écriture. Il m'a semblé que le papier était bleu et strié comme peut l'être une peau âgée que parcheminent les rides. Les feuillets étaient retenus par un trombone qui les reliait entre eux ainsi qu'à une petite enveloppe blanche portant mon nom en gros caractères, les mêmes que sur l'enveloppe kraft.

Ce sont mes mains qui ont compris les premières la provenance, l'importance de ces pages calligraphiées. Elles se sont mises à trembler si fort que Mme Clô s'en est émue :

– Une mauvaise nouvelle ?

J'ai hoché la tête, non. J'ai reglissé le paquet dans son emballage. Je venais à peine de prendre conscience de ce que j'avais là.

Plus tard, lorsque j'ai quitté, de manière bien hâtive, ma pensionnaire et que je me suis retrouvée seule dans mon appartement, j'ai sorti la liasse de textes, et la lettre d'accompagnement. Celle-ci émanait de l'avocat d'Alain Rachet. Le texte, lui, était de la main d'Alain Rachet. Je vous ai appelé aussitôt et c'est vous qui m'avez expliqué le pourquoi de cette graphie minuscule. Le contingent de papier des prisonniers dans son genre est réduit à une page par jour. J'ai pensé à ces internés des camps et du goulag qui écrivaient sur n'importe quel support, qui apprenaient par cœur les textes qu'ils ne pouvaient pas retranscrire… Ce texte-là que j'avais sous les yeux avait été porté pendant des mois par un homme seul, sans appui, qu'on accusait de détournement de fonds et de subornation de personnes âgées. Sans doute en avait-il, lui aussi, appris par cœur le contenu avant de le transcrire. Il n'y avait pas une seule rature sur les feuilles tatouées de lettres fines. Il n'avait jamais désespéré de pouvoir un jour le faire parvenir à cette femme pour laquelle il l'avait rédigé. En souvenir du meilleur de sa vie. Il faudrait dire, je crois, du meilleur de leur vie. Car, voyez-vous, je suis désormais sûre que jamais les époux Pernet n'ont été aussi heureux que pendant les quelques mois où Rachet a vécu sous leur toit.

Il n'était pas question de confier le texte ainsi calligraphié à une dactylo, fût-elle de mes amies. Je n'ai pas imaginé non plus vous le faire parvenir tel quel. J'aurais eu trop peur qu'il ne se perde. Et puis, pour être franche, j'avais besoin de me l'approprier pour comprendre. J'ai passé presque la nuit entière à le déchiffrer et à le recopier de manière plus claire, plus lisible. Ensuite seulement je vous l'ai expédié. J'ignorais encore ce que nous en ferions. Fallait-il le donner tel quel à Mme Clô ? Était-il plus astucieux d'attendre qu'il soit publié ? Mais le serait-il ? Rien ne se ferait sans votre avis et celui de vos confrères, même si, au départ, c'était là votre idée. Mais, si proche soit-elle dans le fond du texte original incomplet que conservait Mme Clô dans sa chambre, la version Rachet était d'une facture différente. Plus libre, moins scientifique. Sous la plume de ce dernier, le merle bleu m'évoquait plus un homme qu'un oiseau. Je m'exprime mal sans doute, mais parce que vous êtes ornithologue, je sais que vous me comprenez. Souvenez-vous, la première fois que nous nous sommes rencontrés dans ce bar d'Uzès, je vous interrogeais sur votre métier, sur le choix de ce métier. Vous ne m'avez pas répondu tout de suite. Vous aviez l'air rêveur, ailleurs. Puis vous m'avez dit : « S'occuper des oiseaux, s'occuper des hommes, dans le fond, est-ce bien différent ? »

42

LE MERLE BLEU
PAR RENÉ ET CLAUDE PERNET

Nous voudrions dédier cet article à nos amis ornithologues du Gard et d'ailleurs avec lesquels nous avons partagé parmi les plus beaux moments de notre existence. Nos amis du Gard ont souhaité que nous donnions à leur revue un article sur un oiseau de notre choix. Nous avons accepté avec joie. Restait ensuite à nous déterminer sur l'un des nombreux oiseaux de notre région auxquels nous avons consacré notre travail et nos loisirs.

Nous avons longtemps hésité. Nous voulions que l'étude de cet oiseau particulier – étude qui, à nos âges, risque fort de s'avérer la dernière – nous permette aussi d'exprimer l'essence même de notre vocation d'ornithologues. C'est en toute conscience que nous revendiquons le terme « vocation ». L'ornithologie n'a pas été pour nous un simple métier. Nous lui avons consacré nos vies. En échange, elle nous a permis de nous tenir en marge des existences ordinaires, toujours à l'affût, toujours en éveil, sensibles à ce qui, chez les êtres, relève non pas du social mais du naturel.

En un mot, les oiseaux nous ont beaucoup appris sur eux-mêmes d'abord et, au-delà, sur les hommes.

Alors pourquoi le merle bleu plutôt que le merle de roche qui fréquente aussi nos régions ?

*Peut-être parce que le merle bleu est, comme l'indique son nom latin (*Monticola solitarius*), un oiseau solitaire, au plumage d'un sobre gris ardoisé, à la queue et aux ailes légèrement plus sombres chez le mâle. Nous aimons la sobriété, l'élégance de cet oiseau au chant chaud et mélodieux qui sait être farouche, garder ses distances, sans être fébrile ni craintif comme l'est volontiers le merle de roche avec lequel il partage un amour des régions rocheuses et stériles.*

Le midi de la France, l'arrière-pays méditerranéen, les Pyrénées-Orientales sont pour cet oiseau du Sud le nord absolu. Il a un jour franchi la Méditerranée, quitté les rivages de l'Afrique pour ceux de l'Europe, niché sur la péninsule Ibérique au climat exagéré et poussé jusqu'à nos régions tempérées et arides. Il s'y est sédentarisé, sans doute séduit par un environnement si proche de celui de ses origines maghrébines.

Ce sont les garrigues de Lussan, les gorges tourmentées de la Cèze, véritables cathédrales naturelles sculptées par les eaux et le temps, que le merle bleu a investies au terme d'un déjà lointain et épuisant voyage. Là, dans ces paysages calcaires, le long de ces falaises d'un gris crayeux, au milieu d'une végétation odorante de chênes verts, de thym, de lavandin, de romarin, qu'affectionnent particulièrement les abeilles, le merle bleu a élu domicile. Ce pays est désormais le sien.

Il entre dans l'étude de l'ornithologue sur le terrain une part de plaisir qui ressortit plus à la jouissance de la promenade qu'à l'analyse des sols et à la simple observation.

Ce serait faire montre d'avarice, voire de fourberie ou de mensonge que de taire le bonheur que nous avons éprouvé à parcourir la campagne gardoise à l'affût de cet oiseau assez rare et discret qui fait ici l'objet de notre étude.

Installés à Uzès depuis douze ans, nous avons sillonné la région tant à pied qu'à bicyclette avec une joie jamais démentie. Plaisir des petits matins dans la gaze légère d'une brume de printemps paresseux. Exaltation des longues marches à travers les hauteurs du mont Bouquet que les pluies violentes de l'été ravinent. Le merle aime comme nous les grandes falaises blanches brûlées de chaleur ou glacées par le vent d'hiver dont la rigueur n'a d'égale que la beauté des ciels bleu marine et des midi baignés de soleil froid. Il aime aussi l'olivier au tronc tumultueux, aux feuilles d'un vert argenté.

Monticola solitarius *fréquente volontiers la zone de l'olivier, disent les livres. La gent scientifique s'accorde sans peine sur la géographie de cet oiseau. En revanche, des divergences importantes interviennent dès qu'il est question d'identifier la nature géologique de ses sols de prédilection.*

Longtemps on s'est disputé sur les terrains favoris de cet oiseau. Certains scientifiques ont même déclaré d'un ton qui ne souffrait aucune réplique : « Pas de calcaire, pas de merle bleu. »

Notre curiosité naturelle, notre sens inné (et très largement cultivé) de la contestation nous ont conduits à chercher dans la nature et dans les livres des contre-exemples à cette théorie autoritaire.

Nous sommes donc partis en chasse sur d'autres terres. Quelques lectures, quelques renseignements pris auprès de collègues français et étrangers nous ont conduits à suivre la piste andorrane.

L'Andorre est un pays minuscule, une enclave dans le massif pyrénéen que se partagent ses gros voisins, l'Espagne et la France. Il suffit de traverser la vallée centrale de la Principauté, de regarder au milieu du fouillis des constructions récentes et bétonnées, les vieilles maisons en lauses noires pour déterminer la nature schisteuse des sols. L'Andorre est le paradis du schiste, que l'on extrait à la dynamite des flancs de la montagne.

Vous imaginerez sans peine notre excitation à l'idée de découvrir des merles bleus dans un paysage qui ignore la blancheur douce du calcaire, les falaises aux formes rondes, aux flancs sculptés. Ici, tout a la raideur, le gris bleuté de l'ardoise. La couleur même des ailes du merle bleu.

Les renseignements obtenus avant notre départ nous avaient conduits à chercher un hôtel dans le dernier village du pays, juste avant l'Espagne, à Sant Julia de Loria. En réalité, nos informations étaient plutôt vagues et réduites. En avril 1976, un observateur anglais avait noté la présence de deux Monticola solitarius *à Canillo, non loin de la frontière ariégeoise. En outre, depuis la fin des années 80, on avait observé la présence en zone rupestre sud de quelques merles bleus dont un mâle chanteur sans femelle qui s'essayait avec bonheur, semblait-il, aux chants nuptiaux. On avait aussi signalé un couple logé dans une cavité non loin du village de Sant Julia de Loria. C'est cette dernière information qui a retenu notre attention.*

Nous avons exploré les environs de Sant Julia avec une sorte d'avidité. Les chemins escarpés entre les champs de tabac et les pinèdes étaient glissants de schistes délités qui brillaient au soleil comme des éclats de charbon. La montagne ruisselait d'eau vive. Le printemps était dans sa gloire. Nous étions le 21 mai 1991. Comment oublier notre émotion à la vue d'un couple de merles bleus nourrissant des petits à quelque 1 100 mètres d'altitude? Ironie de la vie qui naît de la mort et l'abolit, le nid était situé dans un trou du mur à demi éboulé du vieux cimetière, non loin de Sant Julia. Il y avait trois poussins. Plus tard, un ornithologue ami qui nous avait relayés dans notre observation avait assisté à la leçon de vol donnée par le couple adulte à sa portée d'oisillons piailleurs.

A défaut d'avoir assisté à l'envol des petits, nous eûmes la chance d'entendre le chant de deux mâles qui volaient ensemble non loin du nid du cimetière.

Il n'est rien de plus émouvant que le chant du merle bleu mâle au printemps. Ce solitaire farouche, à qui l'homme doit cacher sa présence, s'abandonne à la musique de son gosier délié et virtuose. L'évocation de ce chant écouté en cachette, dérobé en un sens, est l'un des souvenirs majeurs de notre vie. Sonorités liquides dans le silence d'une nature dont le soleil déjà chaud exalte les senteurs, les couleurs ; dont il redessine les formes et sculpte les volumes. Plus qu'un hymne à la bien-aimée, ce chant des deux mâles exprimait l'émotion, la passion, la vigueur, la légitimité. La grandeur de la solitude.

A notre retour dans le Gard, nous n'avons pas jugé opportun de communiquer le fruit de nos découvertes à votre société ornithologique qui défendait, elle, la théorie, désormais obsolète, de l'impossibilité de nidation du merle bleu sur sol non calcaire.

Lorsque vous nous avez demandé cette contribution, l'envie nous est venue non de vous contredire ou de faire un pied de nez tardif aux défenseurs des sols calcaires, mais simplement, sans la moindre idée de revanche ni de triomphe, de vous faire partager cette joie d'une découverte plus esthétique que scientifique.

Nous aurions souhaité vous faire entendre ce chant, sa majesté, sa fragilité, sa grâce. Nous avions emporté un magnétophone, mais il nous a été impossible de l'utiliser. Il nous semblait que capturer sur une bande magnétique ce qui était pour nous pure liberté relevait de la tromperie, du mensonge. Ce chant demeurerait unique. Il n'appartiendrait qu'aux deux mâles solitaires et à nous. Il nous restait les mots pour vous communiquer sa beauté. Les chants enregistrés auraient été des preuves. Nous leur avons préféré les mots qui sont des traces. Le poète a raison qui écrit : « Seules les traces font rêver. »

43

Ce matin, la campagne était blanche de givre. La pelouse de l'entrée craquait sous mes pas comme du sable. Nous étions enfin entrés dans l'hiver. Pas celui des calendriers, celui, plus réel, des gelées nocturnes, des vents glacés, des ciels limpides et implacables. Un temps difficile pour nos pensionnaires... Pourtant, je me sens légère. Pas de catastrophe notoire cette nuit. Des inconforts, des angoisses... J'ai fait ma tournée habituelle. Il reste encore quelques guirlandes de Noël accrochées au portes. Elles donnent à la clinique un petit air de fête.

Depuis qu'elle a pris connaissance de l'article rédigé et expédié par Alain Rachet, Mme Clô ne parle à nouveau presque plus. Ce n'est pas là le signe d'une tristesse, d'une protestation, d'une démission. Elle se tait parce qu'il est des situations où parler est superflu. J'ai appris en l'observant qu'on peut devenir muet de bonheur, de sérénité retrouvée. Muet de se savoir encore aimée.

Il m'arrive souvent de venir m'installer dans sa chambre vers dix-sept heures et de partager avec elle une tasse de thé. Elle m'accueille toujours avec une courtoisie tendre qui n'est pas à confondre avec de la tendresse. Je crois qu'elle m'est reconnaissante pour les démarches que j'ai menées. Je suis, entre toutes les personnes qu'elle rencontre ici, celle qui lui est la plus proche. Simplement parce que je suis aussi la seule à savoir ces choses douces et douloureuses de sa vie qui hantent sa mémoire. Non, je ne suis ni triste, ni amère, ni déçue. Pourquoi du reste le serais-je ?

Certes, jusqu'à ce qu'elle reçoive, retranscrit, puis dactylographié par mes soins l'article rédigé pour elle par Alain Rachet, je me sentais plus utile, plus présente dans son existence. Mais mon métier m'a appris qu'une infirmière en gériatrie est d'abord une accompagnatrice. Avec elle, c'est un peu différent. Je crois que si elle pouvait encore aimer quelqu'un, c'est moi qu'elle choisirait. Mais elle ne peut plus. Elle a épuisé son potentiel d'affections humaines.

Je n'oublierai jamais ce jour brumeux de décembre où, sur vos conseils et après une longue réflexion commune, vous m'avez incitée à glisser l'article mis au propre dans une enveloppe et à l'expédier de chez moi par la poste à son adresse à la clinique. Nous avions joint une petite carte que vous aviez signée. Nous y disions en substance : M. Alain Rachet a fait parvenir à la société d'ornithologie cet article dont feu votre époux et vous-même êtes les auteurs. Vous lui en aviez confié la facture finale. Ne sachant pas où vous trouver, il a pensé que le meilleur moyen de vous le communiquer pour correction éventuelle et publication serait de passer par notre secrétariat. Il espère que cette version ne vous paraîtra pas trop éloignée de vos objectifs scientifiques.

Nous avons longuement discuté le bien-fondé d'une telle lettre. Après tout, Rachet n'avait pas ajouté le moindre mot personnel à son texte. Finalement, nous avons opté pour cette solution : la lettre explicative, mais pas de coordonnées où joindre le rédacteur de l'article qui, selon son avocat, ne tarderait pas à sortir de prison. On verrait bien.

L'autre point sur lequel nous avons mis un certain temps à nous accorder, concernait, souvenez-vous, votre présentation à la dame. Vous ne souhaitiez pas la rencontrer de crainte que votre visage qu'elle reconnaîtrait sans doute – vous vous étiez vus à plusieurs reprises ces dernières années – ne la plonge dans le puits noir de ses souvenirs. Moi, je la sentais apte à affronter le passé. J'ai insisté. Vous avez fini par céder. Quoi qu'il en soit, nous avons dissocié l'expédition de la lettre et l'organisation de la rencontre.

La lettre est arrivée un samedi matin au courrier. Je l'ai reconnue tout de suite dans le paquet de la poste encore non trié qui attendait sur le comptoir du standard. Je ne tenais à pas à la lui remettre moi-même. J'ai donc attendu la distribution normale, vers onze heures. Je ne suis retournée dans sa chambre que pour les soins d'après-midi. Inutile de vous dire l'angoisse, la tension qui étaient les miennes. J'avais peur que l'émotion trop forte ne lui fasse perdre la tête. Peut-être aurions-nous dû agir de manière différente, la préparer en douceur. Mais malgré les reproches anticipés et nombreux que je m'adressais durant les interminables heures qui me séparaient de ma visite ordinaire, je ne pouvais pas ne pas entendre cette petite voix de sagesse qui me susurrait : elle n'aurait pas aimé être ménagée.

Puis, je suis entrée dans sa chambre avec mon chariot. Lorsque j'ai passé la porte, j'ai tout de suite vu que nous avions eu raison. Cette femme avait un sang-froid extraordinaire. Elle était tout à fait comme d'habitude. Silencieuse, réceptive mais sans plus. Nos regards se sont croisés et j'ai senti à un imperceptible éclat dans ses yeux de porcelaine que la paix était enfin tombée sur elle. Elle avait coiffé ses cheveux avec énergie. Ils étaient bien plaqués contre son crâne et les deux barrettes derrière ses oreilles les fixaient harmonieusement. Elle avait enfilé un de ses kilts colorés, celui dans les bleus et les verts, et un pull chamois à col cheminée. Un détail étonnait pourtant dans sa tenue de bourgeoise à la campagne, prête pour le thé. Autour de son cou pendaient, fixées à une longue bretelle, les jumelles gainées de cuir et cerclées d'inox qu'elle gardait en général dans son tiroir. Sans un mot, elle m'a tendu la chemise bleue qui ne contenait pas les deux liasses de feuillets, mais, je l'ai compris avant même de l'ouvrir, une seule, celle d'Alain Rachet.

Je n'ai pas joué les étonnées, pas fait semblant de tomber des nues. Pas avec elle. Pourtant, j'ai sursauté en voyant sur cette page « une » que j'avais recopiée plusieurs fois pour que le titre et le nom des auteurs en soient bien visibles, une correction faite non plus au crayon à papier comme sur le vieux manuscrit, mais au stylo à bille bleu. De sa main autoritaire et tremblante, elle avait calligraphié en lettres majuscules d'imprimerie, juste à côté des noms de Claude et René Pernet, le nom d'ALAIN RACHET.

J'étais plus émue que je n'aurais voulu le montrer. Sans doute l'a-t-elle senti, mais elle est passée outre. La sensiblerie n'est vraiment pas son genre. Elle m'a fait signe de m'asseoir et de poursuivre ma lecture. Pendant tout le temps où j'ai parcouru cet article que je connaissais par cœur, elle ne m'a pas quittée des yeux. Je sentais son regard surveiller le mien qui balayait les pages…

Elle ne me demandait ni mon assentiment ni le moindre commentaire, du reste. Elle voulait juste me prier de faire rajouter le nom qu'elle avait inscrit là, sur la copie destinée à la revue d'ornithologie. Il suffisait de le leur dicter au téléphone. Je trouverais leurs coordonnées sans peine, n'est-ce pas ?

Pas un mot sur le texte lui-même, sur le fait qu'il soit enfin terminé, sur sa provenance. Mon appel à la revue me permettait seulement de vous introduire auprès d'elle. Il était normal que vous veniez la voir pour lui parler de ce beau texte. Et vous voilà.

Dans quelques minutes vous serez près d'elle. J'ignore si à vous qu'elle connaissait dans son autre vie, elle ouvrira un peu son cœur. Est-ce pure jalousie de ma part, mais je ne crois pas. Dans son monde, le souvenir de René et celui d'Alain occupent toute la place. Les autres sont condamnés à demeurer à la périphérie, comme des ombres.

Mais avant que vous n'alliez lui parler, avant qu'elle ne renoue à travers vous avec ce monde scientifique que vous partagez et qui m'est étranger, je voudrais que vous veniez avec moi dans la salle des soins. C'est de cette fenêtre que je la regarde depuis bien longtemps déjà. Tout à l'heure, elle est descendue dans le parc. Oui, je sais, il fait très froid et ce n'est guère prudent à son âge. Mais voyez-vous, à son âge, la prudence… Elle a enfilé sa grosse veste en peau retournée, elle portait ses jumelles suspendues à son cou. Elle a mis ses chaussures de marche, mais, malgré la température, elle a négligé de prendre ses gants. Elle a filé tout droit sous les arbres là-bas au plus loin du territoire permis aux pensionnaires, juste à côté du mur d'enceinte en pierre que le lierre dévore. La voilà ! Regardez-la, de là où je suis, on la voit très nettement. Oui, c'est cela, elle a l'air de chanter. En tout cas, elle ouvre la bouche toute grande et elle articule des mots, des sons. Ses cheveux blancs sont ébouriffés. Elle les a décoiffés en passant sous les branches basses du sapin. D'ici, dans le soleil pâle de cette journée d'hiver, elle ressemble à une drôle de bacchante. D'aucuns pourraient la croire folle. En pleine crise. Mais c'est faux. Je sais, moi, qu'elle célèbre sa cérémonie du souvenir au fond de ce jardin désert et mort. Et toute

RÉALISATION : PAO ÉDITIONS DU SEUIL
IMPRESSION : S.N. FIRMIN-DIDOT AU MESNIL-SUR-L'ESTRÉE
DÉPÔT LÉGAL : OCTOBRE 2000. N° 41942 (52491)

cérémonie a ses rites. Les siens consistent d'abord à imiter le chant des oiseaux. Mais pour cela, il lui faut être seule, loin des oreilles ennemies, des regards méfiants, loin de ce monde où sa place, de jour en jour, s'amenuise. Et, entre les trilles, les roulades et les strophes flûtées de cette grand-messe de la nature et de ses amours, elle se récite l'histoire du merle bleu venu de l'autre côté de la mer…

Lorsqu'elle revient de ses sorties, ses yeux brillent étrangement, et elle ne voit personne. Ensuite elle passe des heures sans parler. J'ai souvent pensé que si un jour quelqu'un essaye d'entrer dans son rêve, elle se dissoudra, comme un fantôme.

Collection Points

DERNIERS TITRES PARUS

P760. Paramour, *par Henri Gougaud*
P761. Les Juges, *par Élie Wiesel*
P762. En attendant le vote des bêtes sauvages
par Ahmadou Kourouma
P763. Une veuve de papier, *par John Irving*
P764. Des putes pour Gloria, *par William T.Vollman*
P765. Ecstasy, *par Irvine Welsh*
P767. La Déesse aveugle, *par Anne Holt*
P768. Au cœur de la mort, *par Lawrence Block*
P769. Fatal Tango, *par Jean-Paul Nozière*
P770. Meurtres au seuil de l'an 2000
par Éric Bouhier, Yves Dauteuille, Maurice Detry, Dominique Gacem, Patrice Verry
P771. Le Tour de France n'aura pas lieu, *par Jean-Noël Blanc*
P772. Sharkbait, *par Susan Geason*
P773. Vente à la criée du lot 49, *par Thomas Pynchon*
P774. Grand Seigneur, *par Louis Gardel*
P775. La Dérive des continents, *par Morgan Sportès*
P776. Single & Single, *par John le Carré*
P777. Ou César ou rien, *par Manuel Vásquez Montalbán*
P778. Les Grands Singes, *par Will Self*
P779. La Plus Belle Histoire de l'homme
par André Langaney, Jean Clottes, Jean Guilaine et Dominique Simonnet
P780. Le Rose et le Noir, *par Frédéric Martel*
P781. Le Dernier Coyote, *par Michael Connelly*
P782. Prédateurs, *par Noël Simsolo*
P783. La gratuité ne vaut plus rien, *par Denis Guedj*
P784. Le Général solitude, *par Éric Faye*
P785. Le Théorème du perroquet, *par Denis Guedj*
P786. Le Merle bleu, *par Michèle Gazier*
P787. Anchise, *par Maryline Desbiolles*
P788. Dans la nuit aussi le ciel, *par Tiffany Tavernier*
P789. À Suspicious River, *par Laura Kasischke*
P790. Le Royaume des voix, *par Antonio Muñoz Molina*
P791. Le Petit Navire, *par Antonio Tabucchi*
P792. Le Guerrier solitaire, *par Henning Mankell*
P793. Ils y passeront tous, *par Lawrence Block*
P794. Ceux de la vierge obscure, *par Pierre Mezinski*
P795. La Refondation du monde
par Jean-Claude Guillebaud